ウクライナにいたら戦争が始まった

角川文庫
24167

目次

状況と日時、各事態の発生場所に関し、単行本執筆当時の情報を可能な限り網羅し、また帰国者の証言などを併せ、できるだけ正確を期した。瀬里琉唯《せりるい》（17）という女子高生の視点で綴《つづ》られているが、私たち日本人の誰にでも、突然起こりうる問題としてお読み頂ければ幸いである。

以下の方々に感謝申し上げる。矢島周治氏、森田源一郎氏、坂本和之氏、レフ・リチニコフ氏、オリガ・ピエーハ氏、沼田修氏、鈴木理恵氏、宇美達也氏、アレクサンドル・バルーエフ氏、イゴール・ラザレフ氏、高橋安信氏、設楽恭二氏、山野井昌義氏、コンスタンチン・コズロフスキー氏、カテリーナ・ミハルコワ氏、武井康正氏、越後克彦氏。

ウクライナ戦況の推移

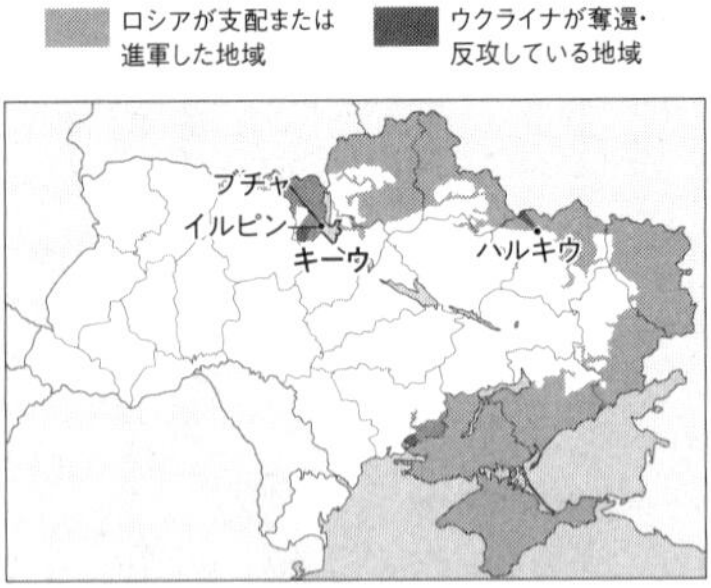

2022年3月24日
ロシアの侵攻範囲が最大になる。

2022年11月14日　ウクライナが反攻を開始し、
1万7000平方キロ近くを奪還する。

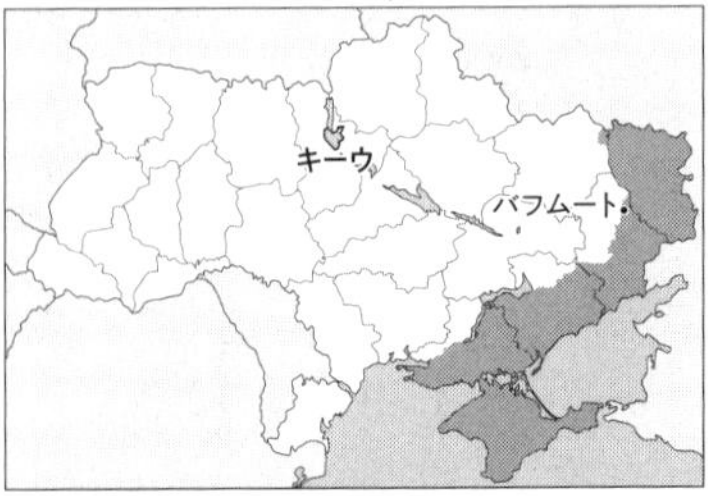

2024年4月時点　前線は膠着状態になる。
ロシアの支配地域はウクライナ国土の18.1%を占める。

1

わたしは激しい縦揺れに目を覚ました。

どこなのかわからなくなるほどには、深い眠りについていなかった。旅客機のキャビンは薄暗く、乗客はみな就寝していた。客室乗務員がなにごともなく通路を歩いていく。振動はたいしたことがなかったのだろう。わたしはため息をつき、ブランケットを頭からかぶった。

嫌な揺れ方というものがある。小さくても敏感にならざるをえない。十七歳になってもいっこうに改善しない。六歳のころからずっとそうだった。

あの日は熱をだして幼稚園を休み、家の二階で寝ていた。激しく横方向に揺さぶられたとき、睡眠は急速に覚醒《かくせい》に向かった。母はまだ二歳の梨央奈《りおな》を抱き、部屋に飛びこんできた。よろめいてばかりで、なかなかわたしのベッドまで到達できない、そんなありさまだった。そのうち屋根が落ちてくるのではと思えるほどの大地震になった。

揺れはしつこく、やけに長くつづいた。騒音も激しかった。わたしはフトンをかぶり、ひたすら怯《おび》えながら、しきりに母を呼んだ。

やがて静寂が戻ると、母が手を差し伸べてきた。六歳のわたしは母に手を引かれ、ベッドから起きだした。パジャマ姿のまま階段を下り、ダイニングキッチンに入った。食器棚は倒れ、グラスや皿の破片が床一面に散らばり、足の踏み場もなかった。

母が用意してくれた服に着替え、三人で外にでた。熱がでてからずっと、ぼうっとした感覚がつづいていたものの、めまいは生じなかった。不安により神経が張り詰めていたせいかもしれない。ブロック塀が倒壊し、路上に散乱している。電柱も斜めに傾き、ちぎれた電線の束が垂れ下がり、なおも揺れていた。いま思いかえせば、あれも余震だった可能性がある。

サイレンが絶え間なく鳴り響いた。ききとりにくい音声が、スピーカーから辺り一帯に発せられた。高いところに避難してください。海にはけっして近づかないでください。

母の手を放すまいと、小走りに坂を上っていった。路上に亀裂がないと知り、内心ほっとしたのを記憶している。ただしマンホールの縁からは、灰色に濁った泥が噴出していた。あとでそれが液状化現象だと知った。

あの日より何か月か前、幼稚園でも不意打ちの訓練があった。園長先生の切羽詰まった声が、教室のスピーカーからきこえた。津波が来ていると園長先生は連呼していた。みな悲鳴をあげながら逃げだした。誰も本気ではなかったように思う。丘の上に達したとき、穏やかそのものの海を見て、友達と笑いあった。

二〇一一年三月十一日、あの日も地震発生直後は、津波など怖がらずにいた。たしかに瓦やガラス片が路面を埋め尽くしていたが、建物は案外丈夫だなと安心したぐらいだ。避難所に行けば友達がいるかもしれない。まだ幼かったわたしは、かすかな興奮すらおぼえていた。

ところが避難所に着くや、周りの歩調が速まりだした。誰かが怒鳴っている。津波が来る、屋上に上れ。

建物は三階建てだった。ほの暗い通路に入り、階段を上ると、薄曇りの空の下にでた。大人たちが一方向に鈴なりになっていた。

海はそれまでと様相が異なった。白い波飛沫《なみしぶき》は台風のときと変わらなかったが、問題は過去に見たこともない、褐色に地を這《は》う波状の泥だった。濁流はたちまち路地を川に変え、海に近いほうから、家屋を根こそぎ押し流してきた。電柱が倒れるたび火花が散る。見慣れた宅地に連なる建物が、ばらばらに動きだし、回転しながらぶつかりあう。何台ものクルマが波に翻弄《ほんろう》され、瓦礫《がれき》とともに迫ってくる。

母の悲痛な呻《うめ》きを耳にしたのは、あのときが初めてだった。ほかの大人たちも悲鳴に似た叫びを発した。そのうち泣き声もきこえてきた。高齢の女性が子供のように泣きじゃくっていた。

津波は何度も襲ってきた。避難所の外周はすべて激流に呑《の》まれた。ここもいずれ高波にさらわれてしまうのではないか。そう思うと気が気でなかった。轟音《ごうおん》がとてつもなく恐ろしかった。わたしは両手で耳を押さえ、その場にうずくまっていた。

流れが落ち着いてきたのは、日が暮れだしてからだ。ひどい悪臭が漂っていた。遅れて逃げてきたのか、全身泥だらけの大人たちを見た。誰も騒がなかった。わたしと同じぐらいの歳の子たちもいたが、目を潤ませつつも沈黙を守った。ときおり梨央奈が泣きだすたび、母があやした。

お父さんは、とわたしはきいた。母は携帯電話をいじり、つながらないの、そうつぶやいた。暗くなった屋上に風が吹きすさんでいた。かすかにヘリコプターの音を耳にした。母がうわずった声でいった。もうすぐ助けが来るからね。わたしより母のほうが喜びを感じているらしかった。

家はどうなったのだろう。案外なんの損傷も受けていない、そんなこともありうるかもしれない。それが六歳のわたしの思考だった。むろん妄想に近い空想にすぎなかった。高台に逃げたにもかかわらず、避難所の周りですらこの惨状だ。なのに帰れる場所があると信じたかった。近いうち元どおりの日常が送れる。わたしは目に映る地獄絵図を無視し、頑《かたく》なまでにそう願った。

また機体の振動がひどくなった。暗闇は怖い。避難所で過ごした停電の夜を想起させる。わたしはブランケットから顔をのぞかせた。

隣の席にいた母が視線を向けてくる。目もと以外、感染対策用の白いマスクが覆っていた。「琉唯。気分が悪いの？」

わたしは黙って首を横に振った。三つ並んだ席の真んなかに母がいる。窓側はわたし。通路側は妹の梨央奈だった。みなマスクをしている。乗客全員がそうだ。

中一の十三歳、梨央奈がささやいた。「寒い」

三人ともダウンを着ているものの、たしかに冷える、わたしもそう感じた。ブランケットだけではどうしようもなかった。まるで冷房が効いているかのようだ。

周りの日本人乗客のようすを見ると、やはり寒そうに身を小さくしている。白人とは対照的だった。通路を挟んだ向こう、初老の男女はウクライナ人かもしれない。わりと薄着のまま呑気《のんき》に眠りこけている。

客室乗務員の女性も外国人だった。制服と色の揃ったマスクをしている。母が身を乗りだし、小声でぼそぼそと告げた。四十九歳になる母、瀬里美代子《みよこ》はむかしアメリカへの留学経験があった。It's chilly. とささやいたのがきこえる。客室乗務員が静かに返答したのち遠ざかる。

母はわたしに向き直った。「琉唯、ブランケットをもう一枚ずつ貸してくれるって。ホットミルクは？」

寝る前にも飲んだが、あまり効果が持続しない。わたしは答えた。「いらない」

「わたしも」梨央奈がいった。

しばし沈黙があった。母が低い声でつぶやきを漏らす。「日本の航空会社ならもうちょっと暖かいんだけど……」

きいてもしようがない。わたしはブランケットにくるまった。「外国の航空会社だと、二十度ぐらいでもふつうなんでしょ。前にお父さんがそういってたじゃん」

父は仕事が忙しいからか、喋《しゃべ》ったことを忘れ、同じ話を何度も口にする。旅客機が飛ぶのは高度一万メートル、その高さなら外気はマイナス五十度。それなりの暖かさが機内に保たれるだけでもすごいことだ、父は自分の偉業のようにそういった。

ブランケットが運ばれてきた。母が客室乗務員に礼をいう。二枚重ねにブランケットを羽織ると、さっきよりはずいぶん居心地がよくなった。

「お母さん」わたしは小さな声を心がけた。「着いたらお父さんの家へ行くの？」

「そう。空港にお父さんが迎えに来てるから」

「キエフだっけ」

「最初はね。そこからまた別のところへ行くって」

前の座席の背に挿しておいた名所ガイドブックを、わたしは手にとった。ほの暗い機内でもうっすら見てとれる。何度も見たページが自然に開かれた。風景写真が載っている。森のなかに延びる線路を取り囲む、隙間なく生い茂った緑が、天然の壁と天井を形づくる。木漏れ日に照らされた空間が神秘的で美しい。

〝愛のトンネル〟と名称が書かれているが、それを言葉にするのは気恥ずかしい。わたしは写真を指さした。「ここへは？」

母は写真を一瞥《いちべつ》すると、眠りたがっているように目を閉じた。「遠いから時間がある日に」

「どれぐらい遠いの？」

梨央奈が口をはさんだ。「わたしも行きたい」

「さあ」母はため息をついた。「お父さんが知ってる。琉唯」

「なに？」

「外国はね、漫画やアニメじゃないの」

「……どういう意味？」

しばし沈黙があった。母は唸《うな》るようにいった。「そのままの意味」

わたしはガイドブックに目を戻した。梨央奈もブランケットに潜った。ひとりわたしだけが〝愛のトンネル〟の写真を眺めつづけた。

ウクライナに行くときまってから、少しでも前向きになろうと、訪ねたい場所を探した。ここぐらいしか見つからなかった。唯一の希望を軽視してほしくない。

チェルノブイリ博物館なる場所で、福島第一原発事故の企画展示がおこなわれている。電力会社に勤める父は、単身赴任でウクライナに渡った。企画展示が好評で延長がきまり、一年の出張の予定が、二年目に突入することになった。

大人はよくわからないことをきめる。それも知らないうちにきまる。わたしは高二の三学期をウクライナで過ごすことになった。高校を休学し、春までの三か月間を私費留学する。現地の学校のほか、日本語補習授業校というところに通えば、高校と同じ単位が取得できるらしい。それにより地元の高校は、わたしの帰国する春以降、三年への進級を承認してくれるという。

中一の梨央奈もまったく同じだった。特に試験などはない。私費留学の休学中、外国での授業参加により、姉妹ともに進級できることになった。

本当は大人がきめた話であっても、留学はいちおう本人の意思によるものとされる。最終決定は本人が下したことになる。同じ学年をもう一年やるのであれば、むろんわたしも梨央奈も承知しなかった。

それにしても、なぜいま行かねばならないのだろう。母は父について、ふだんから文句ばかりだ。けれども本心では寂しかったのか。近いうちの帰国が叶《かな》わないのなら、せめて三か月だけでもと、一緒に過ごすのを優先したのだろうか。正確には八十六日間になる。九十日以内の滞在ならビザが不要だからだ。なにもこんな寒い時期に渡航しなくてもと思ったが、梨央奈がわたしより先に、行きたいと意思を表明した。わたしも拒否しなかった。

新型コロナウイルスのせいもある。高校に入学以来、あらゆる行事が中止になり、たいして思い出もない。それなりに友達づきあいはあるものの、絵に描いたような青《アオ》春《ハル》を過ごせなかったのは、やはりコロナが原因だ。中学卒業間際から休校が始まった。

高校の入学式も取りやめになった。リモート授業が大半という学期もあった。

そんな状況でも嫌いなクラスメイトというのは、ちゃんと出現する。性格の悪さを隠そうともしない生徒と、たびたび会わねばならない登校日に辟易《へきえき》させられる。三年になればクラス替えもある。三学期を別の場所で過ごせるのなら、それも悪くない。そう思えるようになってきた。

留学はだいぶ前にきまったことだが、去年の秋ぐらいになって、きな臭いニュースをネットで目にした。ウクライナとの国境付近でロシア軍の増強、記事にはそうあった。春につづき秋にもそんな動向が確認されたという。

ウクライナ行きが迫った十二月にも、続報をテレビで観た。ロシアがウクライナに攻めこむのではとの懸念が生じている。ありえない話ではないという。二〇一四年にもロシアはクリミアを占領している、訳知り顔のコメンテイターがそう話していた。

とはいえわたしは、さほど深刻に考えていなかった。中学のとき、グアムへの修学旅行に際しても、父は北朝鮮のミサイルが狙っているといいだした。男性教師も授業中に似たような冗談を披露した。男は軍事の話題を好む。なにが面白いのかさっぱりわからないが、性別による特性なのかもしれない。少年向け漫画はどのページを開いても戦ってばかりだ。

母はメールでウクライナにいる父に、現況について質問した。いつものことだよと、軽い調子の返事をもらった。この十年はずっとそんな噂がささやかれ、みんな慣れっこになっている。いまさら心配する必要はない。こちらに来ればわかるはずだ、父からのメールにはそうあった。

外務省のサイトは、父のメールよりも信用が置けそうだった。ウクライナのなかで〝クリミア自治共和国およびセヴァストーポリ市、ドネツク州およびルハンスク州〟のみ、レベル3の渡航中止勧告。渡航はやめてくださいと明記してある。ただし〝上記を除く全土〟、すなわちウクライナの大部分はレベル1。メトロや繁華街でのスリや置き引きに注意、そのていどの危険性らしい。

いまは治安よりも感染症危険情報のほうが重要視されている。不要不急の渡航を控えるべき国、そのなかにウクライナも含まれる。もっとも韓国や台湾ですら例外ではない。現在の海外旅行としては当然の認識かもしれない。

不要不急。母が娘ふたりを連れ、父のもとに渡航。それは不要不急に該当しないのか。自分で判断するしかない。自己責任。このところ学校でもよくいわれる。

母が寝返りを打ち、わたしに背を向けた。座席の背はさほど倒れない。エコノミークラスしか知らないわたしは、機内での寝心地など期待していなかった。中学時代のグアム行きは四時間ていどだった。ウクライナへは直行便がでていない。トルコの空港で三時間を過ごし、別の旅客機に乗り換えることになる。

スマホの画面を灯《とも》し、時刻を確認した。あきれるほど時間の進みが遅かった。なかなか寝つけない。合計十七時間半の空の旅。しかもまだ始まったばかりだ。

縦揺れが襲った。気流が悪いのだろうか。振動は収束せず、かえって大きくなっていく。きしむようなノイズが、あの日を嫌でも思い起こさせる。

梨央奈が喉《のど》に絡む声でささやいた。「お母さん」

「寝てなさい」母が静かにうながした。

わたしはあきらめとともに目を閉じた。さっき見た〝愛のトンネル〟の写真が、瞼《まぶた》に焼きついている。好ましい状況だった。願わくはこのまま眠りに誘われたい。

ひとつだけ残念なことがある。瞼に焼きつくのは直前に見た光景だ。〝愛のトンネル〟は暗かった。消灯後のキャビンで眺めた写真と同様、緑の原色を失い、果てしなくくすんでいた。

2

わたしの家は福島県南相馬《みなみそうま》市にあった。成田《なりた》発イスタンブール行の飛行機に乗るまでに、すでにそれなりの旅路を経ていた。コロナ禍のせいで空のダイヤは乱れがちだという。朝から国際線に搭乗し、十二時間半ものフライトの果て、まずトルコのイスタンブール空港に着いた。現地時間の午後三時だった。

いったん機内から解放された。海外の空港といえば、グアムしか知らない身にしてみれば、成田と同様に大きな施設という印象だった。待合椅子の並ぶトランジットエリアは閑散としていた。気温もかなり低かった。三人とも荷物から上着の類《たぐ》いをとりだし、徹底的に重ね着した。母もロングコートが張り詰めるほど着膨れし、ずんぐり太った体型に見える。わたしと梨央奈はさかんに母をからかったが、自分たちの外見も似たようなものだった。

そのまま三時間を過ごし、また旅客機に乗り二時間のフライト。ようやくウクライナのボルィースピリ国際空港に到着した。現地時刻はイスタンブールより一時間早く、夜七時をまわっている。

ターミナルはやはり広く、わりと新しめで、造りも成田空港と差を感じない。通路の商業看板を眺めるうち、世俗的な文化の存在を感じ、どことなくほっとする。事前に想像したほどの距離感はない。架空の物語における異世界とはちがう。初めて訪ねる国であっても、あらゆる面が日本と同じだった。まだ空港内しか目にしていないものの、それがわたしにとってウクライナの第一印象だった。

やけに空《す》いている寂しい通路を、誰もが足ばやに突き進んでいく。その先には長蛇の列ができている。天井を見上げた。縦横に走る鉄製の柱と梁。心のなかで同じフレーズが反復する。やはり日本の空港と変わりはしない。

三人で列に並んだ。なんの列かは母が説明してくれた。まず検疫。それが終わると入国審査に進む。母はパスポートのほか、さまざまな書類を用意していた。PCR検査陰性証明書や、医療保険の証券。出発前や搭乗前にも提示を求められ、その都度差しだしていた。

列の進みぐあいはとにかく遅かった。前方に見える入国審査のブースは、ふたつぐらいしか開いていない。それらのなかにいる制服姿の職員は、映画で観るような金髪の白人男性だった。ただしひどく無愛想だった。緩慢な仕事ぶりも、見ていてどうかと思える。

さっさと進んでいく列を見かけた。ウクライナの国民専用だろうか。そちらはがらがらだった。わたしと同じ列に並ぶ中年の日本人男性らが、笑いながら会話するのをきいた。むかしは金を払えばあっちに通してもらえたんだけどね。いまじゃもうすっかり無理になった。

追加の支払いで早く抜けられる、ディズニーランドのファストパスみたいなものだろうか。高二のわたしにはわからなかった。それ以上は耳を傾けずにいた。廃止された制度なら、知ったところで無意味でしかない。

　ようやくブースの窓口に達した。マスクを外すように求められる。母は英語で職員と話した。職員の仏頂面は変わらなかった。提出したパスポートや書類が返却される。またマスクをしてから、三人は入国審査を抜けた。

　一階に降りた。手荷物受取場も外国という気がしない。空港内の施設というのは、どこの国でも大差ないのかもしれない。水平方向に広い空間、壁に窓はない。ビルのワンフロア並みに低くなった天井を、太い円柱が支える。オレンジ色や黄緑色があちこちに交ざり、少々ポップな雰囲気を醸しだす。そこはやや独特かもしれない。

　わたしと梨央奈、母がそれぞれキャスター付きのトランクを回収した。また列に並んだが、今度はさほど長くはかからなかった。その先の自動ドアを抜けると、ようやくロビーにでた。

　出迎えの人々が群れをなす。ウクライナ人らしき家族が再会を果たしている。ガラス張りの向こうの暗がりに、降り積もった雪と車寄せが見える。ロビーとしては狭いほうだった。小さなショップやコーヒースタンドはあるが、カフェやレストランは目につかない。

梨央奈が声を弾ませた。「あっ。お父さん」

父の瀬里浩之《ひろゆき》はめだたなかった。すぐ近くに立っているのに、わたしは気づかずにいた。母も同様らしかった。

「ああ」母が面食らったようにいった。「なに？　いたの？」

痩《や》せているはずの父だが、ダウンジャケットが風船のように着膨れしている。マスクをした顔の表情はわかりにくいものの、目もとは笑っていた。日本にいたころは白髪まじりだったが、いまは黒く染めている。おかげで五十一歳という実年齢よりは若く見える。けっして小柄ではないものの、ウクライナ人のなかに交ざっていると、ずいぶん背が低く感じられた。オーラというか存在感もない。黙って近くに立っていたのは、父にとって冗談のつもりだったのだろう。けれどもあまり笑えなかった。

父がいった。「めずらしく時間どおりだったね。ここじゃ飛行機の到着なんて遅れてばかりなのに」

母のショルダーバッグを父が受けとる。父はトランクにも手を伸ばしたが、母が遠慮をしめしながらきいた。「クルマで来てるの？」

「いや。電車のほうが早いんだよ。行こうか」父が歩きだした。

足が持ちあがりにくい。母と梨央奈が渋い顔で父につづいた。むろんわたしも同様だった。電車。このうえさらに公共の乗り物。もともと期待はしていなかったが、さすが鈍感な父、予想をさらに下まわってくる。

一家でロビーを横切っていく。天井から下がる案内の看板は、アルファベットに見慣れない文字が交ざる。ただし両替所のブースの看板はCURRENCY EXCHANGEと英語表記だった。やはり黄緑の配色が施され、妙に楽しげな雰囲気がある。窓口のなかの女性職員は、モデルのような美人ではあるものの、愛想のなさは変わらない。

両替所には立ち寄らなかった。SIMカードを売る小さなコーナーもあった。そこにも旅行者らが群がっているが、両親は素通りしていった。トランクを転がしながら出口に向かう。荷物運搬用のカートがわきに連なる。二重の自動ドアを抜け、ついに屋外にでた。

冷たい夜気に触れた。タイル張りの幅広な歩道が、高架道路下に走っている。現地人の男性がわらわらと近づいてきた。タクシー運転手のようだ。巨漢ばかりのため不安が募る。母が英語で断った。右手へと歩いていく。看板には英語が併記してあった。レールウェイ・ステーションもシャトルバスもシティバスも、すべて同じ方向だった。

屋根がわりの高架道路の下だけに、足もとは濡《ぬ》れているが積雪はない。わきに目を向けると様相が異なる。雑な雪かきの跡だらけだった。屋根のない歩道は、幅一メートルほど路面が露出するのみ。歩道の両側に堆《うずたか》く積もった雪は、薄汚れたうえ固まっていた。葉をつけない街路樹が風に揺れている。車道を除き、辺りはすっかり白銀の世界だとわかった。

ひょっとして〝愛のトンネル〟もこんなありさまか。いまごろは裸木と雪原だけかもしれない。季節について考えもしなかった。自分の馬鹿さ加減を呪いたくなる。

一両しかない電車に乗り、キエフ市内をめざす。車内の照明を反射する窓ガラスは、鏡も同然だった。外は真っ暗でなにも見えない。

それでも目を凝らしてみると、うっすら雪原が浮かんできた。裸木が突きだすほかはなにもない。冬場でなくともこの辺りは草原だろうか。

ときおり民家の明かりが目につきだした。絵本で見るようなメルヘンチックな三角屋根が、ぽつぽつと点在している。

走行音が鈍重に変化した。橋を渡っていく。雪原は消えたが、眼下を大きな川が流れていた。氷が張っているようにも見える。川沿いの木々は葉をつけない代わり、複雑にうねる枝を白く染めていた。

なんともうら寂しい。福島でいえば猪苗代湖《いなわしろこ》辺りの冬景色に似ている。殺伐とした場所がほとんどの国なのだろうか。だとすれば三か月を過ごすのは気が滅入る。

そのうちビルがとって代わった。建物の密度が急速に上昇し、やがて市街地になった。異国情緒は一目瞭然《りょうぜん》だった。テーマパークでしか見覚えのない、タマネギ形の奇妙な屋根をまのあたりにした。

目を覚ました父が、母と梨央奈を起こしにかかった。「もう着くぞ」出発してから四十分ほどが経過していた。電車はキエフ駅に滑りこんだ。いくつものプラットホームが連なる。長い連結車両の列車が居並ぶ、古風にして規模の大きな駅だった。

ホームに降り立ったが、空港周辺ほど寒くはなかった。足もとのタイル張りは凹凸がめだち、いかにも年季が入っている。屋根を支える支柱も塗装が剝《は》げ、随所に錆《さび》がのぞく。

いったん連絡通路に上り、また駅舎に下りるようだ。階段にエレベーターの併設はなかった。父が振りかえるより早く、わたしは重いトランクを持ちあげ、階段を駆け上っていった。

母と梨央奈、ふたつのトランクを、父は両手に提げることになった。さすがに父も気がまわらないままではいられなかった。

連絡通路まで上ってくると、父は息を切らしていた。「だいじょうぶか、琉唯？

この先はエスカレーターがあるからな……」

ところがエスカレーターの下り口は、工事中をしめすフェンスに囲まれていた。わたしは苦笑しながら、ふたたび自分のトランクを床から浮かせ、階段を駆け下りた。父も荷物を運搬しつづけた。母と梨央奈は笑いあい、手ぶらで階段を下りてくる。

駅構内は混雑していた。バロック様式の駅舎は、上野《うえの》駅を思わせるほど広く、新宿《しんじゅく》駅並みの雑踏があった。マスクをしていない人がやけに多い。大人の男性はみな帽子やフードをかぶっている。日本とは逆に、口もとは露出しているが、目もとは隠れている。ほんの少し不気味に感じられる。

わたしは父にきいた。「歩いて行ける距離に家があるの？」

「地下鉄に乗るんだよ。なに、もうそんなに遠くないから」

立ちどまったままの梨央奈が、救いを求めるまなざしを母に向ける。わたしも同じ心境だった。母はため息とともに、わたしたち姉妹をうながした。

父は気にしたようすもなく歩きつづけた。「きょう泊まるのは、現地の提携企業が所有してるコンドミニアムなんだ。お父さんもしょっちゅう利用してる」

「きょうだけ？」わたしは追いかけながらきいた。「明日からは？」

「ふだん暮らしてるのは郊外でな。もっと広い家に住んでる」父が声を弾ませた。

「いいところだぞ。ブチャっていう市だ」

3

コンドミニアムはホテルというより、単なるマンションに近かった。辺りはひとけもなく静かだった。下町にあたるのかもしれない。周囲には伝統的な石造りの建物が多いのに、ここだけ味気ない鉄筋コンクリート造の五階建てだった。

エントランスを入ってすぐ、正面の銀色の扉がエレベーターだとわかった。どんなビルにもありそうな設備であっても、この疲労しきった現状ではほっとする。

やけに薄暗い廊下にドアが並ぶ。うちひとつの鍵《かぎ》を父が開けた。室内には靴脱ぎ場がない。照明が灯っても、やはりたいして明るくはならない。ただしとても暖かい。厚着のままでは汗ばんでくるぐらいだ。

「あったかい」とわたしは思わずつぶやいた。母と梨央奈もため息交じりに、同じ言葉を口にした。

その反応が嬉《うれ》しかったらしい。父が目を細めた。「セントラルヒーティングが当たり前なんだ。建物のなかがずっと暖かい」

母は笑わなかった。「洗面所はどこ？　琉唯、梨央奈。まず手を洗いましょ」

「ああ」父が指さした。「バスルームはそっちだ」

半開きのドアの向こうに、バスタブと洗面台、便器が並んだ一室があった。水色のタイルは薄汚れ、あちこちにヒビが入っている。足もとまで寒々としたタイル張りだった。靴で立ち入ることにどうも抵抗がある。ここが風呂《ふろ》かと思うと気持ちが休まらない。

ハンドソープらしきボトルはあったものの、母が持参のボトル類を運んできて、洗面台に並べた。二種のハンドソープにうがい液、使い捨てのコップ。まず梨央奈が手を洗うのを、わたしは後ろに立って順番をまった。ポビドンヨード配合のソープは、茶色が完全に落ちきらずにおいも残るので、姉妹ともに不評だった。それでも念いりに洗うことを義務づけられている。

梨央奈の肩越しに洗面台を眺めた。蛇口から流れる水はさして勢いがない。水が不透明なのはひと目でわかるが、ネットで読んだ噂ほど濁ってはいない。たしか夏場にひどくなるとも書いてあった。この時期にはわりと綺麗《きれい》な水なのだろうか。とはいえ飲むのは推奨されていない。頼まれてもご免だとわたしは思った。

手洗いには順序がある。梨央奈はふつうの白い泡のソープで手を洗い、茶色いソープの痕跡を落としきった。顔も耳もとや首すじまでしっかりと洗う。最後にうがい。母はタオルも準備していた。梨央奈がそれを受けとり、ようやく洗面台の前を離れた。

わたしの番がきた。母に譲ろうとしたが、早くするようにと目でうながされた。化粧を落とすのに時間がかかるからだろう。わたしもまず茶色、次いで白の泡のソープで洗った。なぜかソープが泡立ちにくい。水道水の質のちがいのせいだろう。ひょっとして現地のソープのほうが適しているのではないか。試したくはなるが、日本製の信頼度には勝てない。

うがいを済ませ、タオルで顔を拭《ふ》きながら、わたしは母に交替した。「おまたせ」母をバスルームに残し、わたしは居間に戻った。ようやく室内を眺める余裕ができた。L字型のキッチンはやけに大きく、日本なら豪邸のレベルだった。ただし部屋数はけっして多くなかった。ダイニングルームとリビングルームがつながっているほか、寝室がふたつあるだけだ。ひと部屋の寝室にふたつずつベッドが並んでいる。

内装は簡素だった。装飾がないのは、企業の提供するコンドミニアムだからか。とはいえ梁は緩やかなアーチを描く。外で見かけた屋根や天井に似ている。ウクライナ建築に特徴的な意匠なのかもしれない。サッシを開ければバルコニーにでられるようだが、いまは窓辺に寄りつきたくもない。外は真っ暗だし、雪が積もっていて寒い。

陽が昇れば考えも変わるかもしれない。

父がダイニングテーブルにスマホをふたつ置いた。「梨央奈。琉唯」

わたしは梨央奈とともにテーブルに歩み寄った。やや古っぽく思える機種のスマホで、充電器も二個ある。画面に触れてみると点灯した。時刻以外は英語表記だった。メモ帳から紙を二枚破りとり、父が姉妹それぞれに手渡した。「お互いの電話番号だ。電話帳データにも記録してあるが、いちおう渡しとく。お父さんとお母さんの番号もな。ビデオ通話は使えない。電話とSMSだけだ。国際電話もかからない」

梨央奈が父にきいた。「いままでのスマホは?」

「海外で使える契約はしてないだろ? なんにせよこれのほうが安上がりだ。ああ、それからな」父がメモ帳にペンを走らせた。「ここに来るまでにも見たかもしれんが、こっちが男性用トイレ。女性用はこっちだ」

男性用の印は▼かM、あるいはЧ。女性用は▲かЖとのことだった。たしかに道中、これらの表記を何度となく目にした。かなりの距離を移動してきた。このコンドミニアムは思いのほか遠かった。

タクシーを使わず地下鉄を選んだのは、父なりのサービスのつもりだったのだろう。地下鉄の駅構内は、これまた史跡とでもいうべき壮麗な空間だった。

元は核シェルターとして造られたと父がいった。下りエスカレーターが延々とつづき、地中深くまで潜った。通路はどこも筒状で、天井と壁の境目がなかった。装飾過剰なタイル張りの内壁が、常に半円を描いている。新たに改築された部分には、オレンジ色の支柱が設けられているが、格調高い従来の内装とそぐわなかった。

前は切符がわりに、ジェトンというプラスチック製コインが使われていたが、最近になって廃止されたという。父は青い電子カードを、家族それぞれに買いあたえてくれた。駅に行くたびカードを専用のリーダーにかざせば、チャージされた金額から一回の乗車賃ぶんが支払われる。

赤と青と緑、三つの路線が走っているらしい。赤の一号線、たしかスヴャトーシノ・ブロヴァールスィカ線という地下鉄に乗った。ホームは古びていたが、電車はごくふつうで、それほど混んでいなかった。わたしはスリを警戒するのに精いっぱいだった。三駅で下車し、ようやくコンドミニアムへと思いきや、別の路線への乗り換えがまっていた。フレシチャートィク駅からマイダン・ネザレージノスチ駅……。父が駅名を告げたが、さっぱり頭に入ってこない。それでもいまになって想起できる以上、いちおうは記憶できていたようだ。

青の二号線、クレニーウスィカ・チェルヴォノアルミースィカ線に乗り、さらにひと駅。ポシトヴァ・プローシチャ駅で降りた。

やたら坂の多い場所だった。石畳の道沿いに、いっそう古そうな建物が連なっている。ひっそりとした夜間に歩くには、物騒に思えてならなかった。年代ものの建物のドアやシャッターに、缶スプレーの落書きがある。道端にゴミ袋が山のように放置されていた。映画にでてくる不良っぽい若者が、酔っ払いのようなだみ声を張りあげ、げたげたと笑いあう。雰囲気がよくない。わたしの歩は自然に速まった。一家全員がそうだった。上り坂を無我夢中で突き進んでいった。

ようやくコンドミニアムに到着し、いまこうして部屋にいる。わたしは疲労を感じていた。けれども神経が休まらない。座る気にならず、父からもらったスマホを、ただ手のなかでいじった。

ブラウザらしきアイコンをタップした。ワイファイが入らないのか、画面は真っ白に染まった。

父がつづけた。ネットに接続できない。

「公衆トイレに入ると窓口があってな。お金を払わないと使わせてもらえない。あまり綺麗じゃないから、商業施設のなかのトイレを使うようにな。……梨央奈、きいてるか」

梨央奈はぶらりと離れていき、リビングのソファに腰かけた。テレビのリモコンを操作する。壁掛けテレビが点灯した。スタジオでウクライナ人が喋りあっている。なんの番組かはわからない。衣装もセットも日本とちがい地味だった。むろん会話の内容は理解できない。

チャンネルが替わった。ウクライナ語のニュース番組が流れていた。梨央奈はその時点で興味を失ったらしく、やおら立ちあがった。トランクを転がし寝室に向かいだした。「荷物をほどこうっと。こっちの部屋でいい？」

父が梨央奈に声をかけた。「服はぜんぶださなくていいぞ。明日の午後には移動しなきゃいけないからな」

テレビの画面に映っているのは、むろん海外のニュースだ。迷彩服姿の兵士たちが、機関銃を手に荒れ地を駆けめぐっている。戦車も前進してくる。まさしく戦場だった。アクション映画に興味がないわたしは、装備や兵器について疎かった。詳細を知りたいとも思わない。

それより目を引くのは兵士らの顔だった。きょう駅や地下鉄の車内で見かけたような、この国のどこにでもいそうな白人男性ばかり。背後に映りこむ木立や家々も、空港から移動中の車窓で見た風景のままだった。

わたしはいった。「お父さん。これ、どこのできごと？」

「ん？　ああ。いちおうウクライナだけど、ルハンスクといってな。遠くだよ」

「遠くって、どれぐらい？」

「東の果てだよ」

「何キロメートル？」

父が苦笑した。「ウクライナはな、日本の一・六倍あるんだ。ここキエフは真んなかより西寄り。東の果てなんて、うんと遠くだから関係ない」

「……遠くても、こんなことが起きてるのは本当？」

「日本も北海道の果てで、北方領土が問題になってるだろ。そんなようなものってことだ」

北方四島に兵士や戦車が走りまわっているという話はきかない。とはいえ北方領土といえば、たしかに遠い場所という認識だった。ふだん福島に住んでいて、差し迫った危険を感じたことはない。

地元の福島に思いがおよび、ふと頭に浮かぶことがある。わたしは父を見つめた。

「チェルノブイリ博物館って、ここからどれぐらい？」

「近いよ。朝早いときには、お父さんはここから通ってる。道が混んでても、クルマで十五分ぐらいかな」

「そんなに近いの？」

「チェルノブイリ原発のそばにあるわけじゃないんだよ。もとは消防署だった建物だしな。明日はそこに寄ってからブチャのほうに……」

　母がバスタオルで頭を拭きながら戻ってきた。「仕事場に寄る用事があるの？」

　いつの間にかパジャマに着替えている。化粧もすっかり落とし、さっぱりしたようすだった。わたしは母にたずねた。「お風呂入ったの？」

「シャワーだけ」母がぶっきらぼうに答えた。

「どこにシャワーがあった？」

「バスタブんとこ。琉唯も梨央奈も早めに浴びて」母は父に視線を移した。「ドライヤーは？」

「ええと、そこだ」父は棚に歩み寄り引き出しを開けた。とりだしたドライヤーを母に差しだす。「明日、琉唯たちに展示を見せてやろうかと思って」

「そんなのよくない？」母がドライヤーを受けとった。「朝までに服を洗っときたいんだけど、洗濯機ある？」

　父が表情を硬くしたことにわたしは気づいた。そんなの、という母の物言いはよくなかったかもしれない。仮にも父の職場だ。

チェルノブイリ博物館の企画展示なるものを、見たいかどうか問われれば、わたしも特に見たいわけではない。ただ父の職場がどこにあるか知りたかっただけだ。しかし母の口調はやや刺々《とげとげ》しく感じられた。

洗濯機の有無について、父が低くつぶやくように答えた。「二階にランドリールームがあって、洗濯乾燥機がたくさん並んでる」

母がきいた。「好きに使っていいの？」

「社員カードがあれば入れる」

「カード貸してよ」

「美代子。疲れてるのはわかるけれども……」

娘がいるのに、名前で呼ばれるのを好ましく思わなかったらしい。母がむっとした。父はいい直した。「お母さん。ちょっと話せないか」

バスタオルで髪を拭きつつ、母がもうひとつの寝室のドアへと歩きだした。「琉唯、荷物をほどいたら早くシャワー浴びて。梨央奈にもそういっといて。洗濯物まとめて洗わないといけないから」

「洗うって、いま着てる服ぜんぶ？　急がないとだめ？」

「コロナでしょ。厚着してるんだからけっこうな量になるじゃない。いつも清潔にしてなきゃ。遠いところまで来たんだからなおさらでしょ」

やはり言葉が毒気を孕《はら》んでいる。父への当てこすりにもきこえる。眉間《みけん》に皺《しわ》を寄せた父が、母とともに寝室に向かう。両親ふたりがドアの向こうに消えた。

くぐもった声のつぶやきがきこえる。たちまち怒鳴り合いに近くなった。ドア越しにはなにを喋っているかわかりづらい。

父母が日本にいたころにも、年にいちどは口論があった。ここまでの旅の途中、母に不満が鬱積《うっせき》していくようすは、わたしにも手にとるようにわかった。どうせ近いうち爆発すると予想がついていた。案外早かった。

わたしは自分のトランクを転がした。またテレビが目に入る。迷彩服の兵士がふたりがかりで、ぐったりと脱力しきった男性をひきずっていく。死体かもしれない。あまり生々しくは感じなかった。日本にいたころも、ユーチューブを観ているうち、ときどきＣＮＮのサムネイルが紛れこんだ。海外の戦争もしくは紛争。悲惨な状況が映しだされても、遠い別世界でしかないと即座に割りきった。こういうところの距離感は、そのころとあまり変わっていない。母の指摘どおりだ。わたしにとっての外国は、漫画やアニメと同じだった。不勉強ゆえかもしれないが、多くの同世代に共通する認識だろう。

トランクを押しながら、妹のいる寝室に入った。梨央奈は部屋の隅でトランクを開けていた。明日着る予定の服をクローゼットに吊《つ》り下げている。

わたしもトランクを横倒しにした。「先にシャワー浴びなよ」

梨央奈が振りかえった。「お姉ちゃんが先に浴びて。わたし湯船に浸かるから」

「……トイレと一体化した浴室なのに？」

「わたしは平気。お姉ちゃんはだめなの？　外国なのにやばくない？」

静寂のなか母の叫ぶような声が響いてくる。ひと部屋を挟んでもなお耳に届くとは、どれだけ激昂《げっこう》しているか察しがつく。父も譲らないらしく、なにかいいかえした。母はひときわ甲高い絶叫を発した。あいかわらず会話の内容まではききとれない。

梨央奈が驚いた顔で振りかえった。不安げに梨央奈がたずねてきた。「なに？」

「戦争勃発《ぼっぱつ》」わたしは床にしゃがみトランクを開けた。「うんと遠くだから関係ない」

4

ベッドに入った直後は、寝つけそうにないと感じた。しかしそのうち睡魔が襲う暇さえなく、いつしか眠りに落ちていた。やはり旅客機のなかとちがい、手足を伸ばして横たわれるのは、このうえなくありがたかった。

ときおり落下するような感覚とともに、びくっとして目が覚める。薄暗い室内の天井や窓が、自分の部屋と異なると気づく。どこにいるのかぼんやりとわかってくる。ため息とともにまたシーツに潜る。その繰りかえしだった。ふだんなら怖くなって起きだすところが、尋常でなく疲れているせいだろう、すぐに眠りのなかへといざなわれる。

やがてまた目が開いたとき、カーテンの隙間から陽光が射しこんでいた。隣のベッドでは梨央奈がまだ寝ている。わたしはそっと起きあがった。スリッパの用意がなかったため靴を履く。リビングへのドアを開けると、眩《まぶ》しさに思わず顔をそむけた。

ここの窓にはカーテンがない。無味乾燥に思えた室内も、シンプルモダンと解釈すれば、それなりに洒落ていると感じる。いま目を引くのは窓の外だった。

青空の下、積もった雪が街全体を白く輝かせる。NHKが真夜中あたりに放送しそうな、西洋の古風な街並みがひろがっていた。まるで陶製の置物のような、芸術的な建物ばかりがひしめきあう。どの屋根や外壁も古城に似た意匠を備える。それぞれの外壁が合わさり、街全体に多様なパステルカラーのグラデーションを織りなす。

澄んだ空気のせいか遠方まで見渡せる。教会の十字架を戴《いただ》く金色のドーム、対になってそびえる多角柱の塔。ギリシャのパルテノン神殿風の柱を連ねたファサード、あれはなんの建物なのだろう。

このコンドミニアムは丘の上に位置している。小高い山はあちこちにあるが、ほとんどは雪が覆うなか、裸木が突きだすにすぎない。やはり〝愛のトンネル〟見物については、絶望せざるをえないのか。

手前に目を転じる。眼下の石畳はゆうべ暗闇で見たよりも、風情と趣にあふれていた。通りの往来はほとんどないが、エプロンを身につけた男性が、トラックの荷台から積み荷を下ろしている。なんらかの業者らしい。道沿いにはメルヘンチックで可愛らしい屋敷が集中していた。

「お姉ちゃん」梨央奈のかすれた声が呼びかけた。まだ眠たげな目の梨央奈が寝室からでてきた。窓辺に歩み寄り梨央奈がつぶやいた。「わぁ。すごい」

わたしはもうひとつのドアが気になった。両親のいる寝室のドアは閉ざされていた。しんと静まりかえっている。これが仲直りを意味するのなら問題はない。しかしどうもひっかかるのは、三人掛けのソファに投げだされたシーツだ。リビングで寝たことをしめすように、クッションが陥没していた。

そのとき玄関のほうから物音がした。解錠し開いたドアから、ダウンジャケット姿の父が入ってきた。両手に買い物袋を提げている。

「おはよう」父がキッチンに向かった。「朝飯にするか」

梨央奈が振りかえった。「お父さん。買いだしに行ってたの?」

「そうだよ。ゆうべ買っておかなかったからな」父は買い物袋をキッチンに置くと、バスルームに向かいだした。「お母さんを起こしてくれないか」

父はソファで寝たらしい。梨央奈がドアをノックした。そろそろとドアを開け、暗い室内にささやきかける。「お母さん、朝食だって」

いらないというだろう。わたしはそう予想したが、母はおっくうそうに現れた。家にいるときと同じパジャマ姿、髪はぼさぼさだった。梨央奈が窓の外を見るようなそぶりを見せたが、ノーメイクの母はそちらを一瞥したのち、短く唸るだけに終わった。ダイニングテーブルに歩み寄ると、母は椅子に腰かけた。

水流の音がして、ほどなく途絶えた。手を洗った父がキッチンに戻ってくる。母と目を合わせず、そそくさと食材をとりだしにかかる。「きょうはキエフをクルマでまわってから、ブチャの家に行くからな」

母も父のほうを見なかった。頭を掻《か》きながら母がきいた。「クルマでまわるって?」

「キエフの社会見学。琉唯と梨央奈のためになるだろ」

「これから三か月いるんだから、急がなくてよくない？」

「日本語補習授業校は土曜日だけだ。キエフにでてくるのは週一。平日の学校はブチャだ」

「ブチャからキエフへの行き来は？　電車あるの？」

「ない。クルマで送る」

「遠いでしょ」

「片道三十キロぐらいだ。たいしたことない。俺も朝が早くない日は、ブチャの家から通勤してるし」

「土曜に送り迎えするって、前の日か次の日に、ここに泊まるの？」

「いや。時速六十キロで半時間で着く距離だぞ。日帰りで充分だろ」

「ブチャに日本語補習校はなかったんだっけ」

「ない」

「ふだんの学校はなんでキエフにしなかったの？」

「毎日送迎するのは大変だろ。ブチャの学校なら家から近いし」

母がため息をついた。「ブチャの学校って、正式にはインターナショナルスクールじゃないんでしょ」

「でも外国人を受けいれてる学校だし、専用のクラスがあるし、単位が取得できるしな」

「単位の取得を約束してくれたのは日本語補習校でしょ」

「平日にふつうの学校に通ったうえで、土曜に日本語補習校へ通わないと、単位が取得できない。協議の結論だ」父の声が苛立《いらだ》ちの響きを帯びだした。「いまさらそんな話か。ぜんぶメールで伝えたろ」

わたしはキッチンに入った。「お父さん。手伝うことない?」

仲裁のつもりだったが、母は席を立った。着替えてくると母はいって、寝室にひっこんでいった。

梨央奈も自分の寝室に向かいだした。「わたしも」

パジャマ姿なのはわたしも同じだったが、いいだした手前、父を手伝わざるをえなくなった。食材を眺めた。卵にベーコン、ソーセージのそれぞれのパック。あとは食パンとジャム瓶。

わたしは棚からフライパンと鍋《なべ》を手にとった。「これ使うんだよね?」

「ああ」父が応じた。

「土曜にクルマで送迎って、お父さんが大変じゃない?」

「いや。博物館は週末のほうが人が来るんだよ。土曜も出勤しなきゃいけない。休みは日曜と、毎月最後の月曜だ」

「ふうん」

企画展示なるものに、日本の電力会社の社員が、毎日欠かさず出勤せねばならないのか。なにを仕事にしているのだろう。素朴な疑問が頭をかすめる。ただし質問する気にはなれなかった。チェルノブイリ博物館に行けばわかることだ。

寒い国のせいか、ガスコンロの火がかなり大きかった。目玉焼きとベーコン、ソーセージの朝食ができあがった。戻ってきた母はあいかわらず難しい顔で、食器は誰が洗うのかときいた。また角が立つ前に、わたしがやると母にいった。

ほとんど会話がないまま朝食が終わった。でかけるための支度は、宿を引き払うのとなんら変わらなかった。忘れ物がないよう何度もたしかめたのち、ゴミを袋にまとめる。みなマスクをしてから部屋をでる。

一階の裏手、特に飾りけのないガレージに、三菱のSUVが停まっていた。父によればアウトランダーというクルマらしい。ごつくて大きな車体だった。一家のトランクは難なく積めた。社用車をずっと借りっぱなしにしているとの話だった。

クルマで出発するかと思いきや、まず徒歩で近場をまわることになった。目と鼻の先のアンドレイ坂は観光地らしい。コロナ禍のため、朝からの人出は多くない。閉まっている店も目につく。それでもアンティークショップや土産物店、アートギャラリーが営業していた。石畳は馬車道のころの名残らしい。頂点には王宮のようなアンドレイ教会。道はそこから大きく湾曲しながら下っていく。

インスタ映えするフォトスポットだらけのため、わたしの心は躍りだした。梨央奈とあちこちでスマホカメラを向けあった。撮影のときだけはマスクを外す。母は最初こそ仏頂面だったものの、写真を撮るために笑顔になるうち、機嫌も直ってきたようだ。少なくとも娘たちとは談笑してくれるようになった。

ほどなく右側の白いレンガ壁に、放射性のハザードマークが描かれていた。CHORNOBYL TOURと記してある。

父が看板を指さした。「ここがチェルノブイリ・ツアーの窓口だ」

「博物館？」わたしはきいた。

「いや。博物館は坂を下りきってから、もう少し行ったところにある。ここは受付だけだよ。博物館に行くんじゃなくて、バスで本物のチェルノブイリ原発に連れてってくれる。いつもわりと盛況でね」

「……お父さんも行ったことがある？」

「ああ。ツアーは博物館とは別の経営だけど、招待されたんでね。ここから九十キロぐらいだよ」

母がさっさと坂を下りだした。「行きましょ」

梨央奈が小走りに母を追いかける。ツアーに参加するか、父がそういいだすのを嫌った、母はあきらかにそんな態度だった。たしかに父ならいいだしかねない。わたしは逃げるように看板の前を去った。爆発事故を起こした原発を訪ねる観光ツアー。商売として成り立つのだろうか。福島で被災した身からすれば、悪い冗談のようにも思えてくる。

依然として瀟洒《しょうしゃ》な下り坂がつづく。スマホカメラで撮影する頻度は急激に減った。なんとなくもやもやした気分になったせいだろう。坂を下りきった辺り、開放されたガラス戸の前で、父がまた立ちどまった。

「ここはな」父がいった。「〝一本道の博物館〟といって、この付近のむかしの生活用品が展示してあるんだ」

わたしと梨央奈、母の三人はそちらではなく、前方に目を向けていた。下り坂が終わった先、辺りは平らになっている。雪の積もった広場があった。除雪された場所には芝が生えている。葉をつけない並木も、夏場には緑豊かな光景をなすのだろう。いまはただ寒々としていた。歴史を感じさせる石造りの建物にしても、だんだん陰気で薄気味悪く感じられてきた。

父は三人の視線に気づいたらしい。広場のほうへと歩きだした。「もう少し行こう。博物館まで五分ぐらいだ」

「まって」母が足をとめた。「博物館って？」

「チェルノブイリ博物館だよ。お父さんの職場だ」

「いまから行くの？」

「そう。近いからね」

返事もまたず父が歩きだした。母は当惑の色を浮かべたが、仕方なさそうに父につづいた。わたしと梨央奈もそれに倣った。

徐々に異国の風景に慣れてきた。古い教会か修道院だったらしい建物も、現在は内部が銀行に改装されている。クレジットカード契約を勧める商業看板は、字が読めなくても絵で内容がわかる。その俗っぽさに触れるうち、どの建物もテナントにすぎない、わたしはそう気づいた。街並みから感じられるほどの厳格さは、もう人々のなかにはないのだろう。福島でいえば大内宿《おおうちじゅく》や七日町《なぬかまち》通《どお》りと同じかもしれない。

ポジール地区という下町に入っていると父が説明した。やはり古風な建造物が建ち並ぶものの、アンドレイ坂よりは人の営みを感じさせる。四階や五階建てのアパートメントも、外壁がパステルカラーとはいえ窓はサッシにすぎず、エアコンの室外機も付いている。後付けのバルコニーはいかにも景観にそぐわない。

道端には駐車車両が列をなす。古く思えるデザインのクルマが多い。ずっと動かしていないのか、雪に埋もれた車体すらある。

チェルノブイリ博物館はそんな道路沿いにあった。ベージュの外壁の二階建て。一階は消防車のガレージだったのだろう、木製の観音開きの扉がずらりと並ぶ。いまはすべて閉ざされていた。消防署といっても、かなりむかしに建てられたようだ。

黄色く塗ったレンガ壁の凹《くぼ》みに、木枠のガラス戸が開放されている。そこが博物館の入口だった。周りは丁寧に雪掻きしてあった。気の進まなそうな母を連れ、一家はなかに入っていった。父は顔パスのようだ。

内部は本格的な博物館らしかった。窓のないホールがひろがる。高い天井からの照明が光源になる。村の名を記した看板の数々が吊り下がっている。どれも赤い線で消されていた。事故とともに消えた村々らしい。

天井を金色の八角錐《すい》のオブジェが、びっしりと埋め尽くしている。壁に子供たちの写真がたくさん飾られていた。事故当時に生まれた子供たちで、ほとんどが後遺症に苦しんでいるという。防護服や事故現場の遺留品も展示してある。パネル写真があちこちにぶら下がる。写っているのは生々しい光景ばかりだ。

ライティングや展示物の配置など、おどろおどろしく混沌《こんとん》としていた。わたしには意味のわからない物も多かったが、眺めるだけでも不安が掻き立てられる。

館内はさほど広くはなかった。振りかえると父の姿がなかった。暗がりに目を凝らす。出入口のすぐわきに父がいるのを見てとった。そちらに歩み寄ると、母と梨央奈もついてきた。

父はガラスケースを雑巾がけしていた。清掃用具はすぐとりだせるよう、わきの扉のなかに収めてあるようだ。人がいないためか、床にも手早くモップをかけた。

わたしは立ちすくんだ。その一角こそ福島第一原発事故の企画展示だった。母が絶句する反応をしめした。梨央奈は怖いのかうつむいている。

日本の報道とはまるで異なる。とにかく容赦がない。地元住民への配慮を感じさせない。パネルの写真はあるがままにすべてをとらえていた。言葉にできないほど悲惨で陰惨な状況。新聞でもテレビでも目にしたことがない、生々しい光景ばかりが視野を埋め尽くす。

誇張はない。すべては現実だとわかる。原発事故のみならず、震災に遭った街の写真もあったからだ。

薄らぎつつあった記憶が呼び覚まされる。心が冷えきるしかなかった、あの当時の感情がよみがえる。津波が引いたあとに残された死体が、はっきりと写っていた。破壊された家屋の残骸。散らばった生活用品。腐敗した動物の死骸。瓦礫の山に飛来するカラスの群れ。地面を満たす汚水の海。悪臭が漂ってくるようだった。

母がかすかに呻き声を発した。辛《つら》そうに視線を落としている。わたしは母の手を引き、出入口へといざなった。

三人は足ばやに出入口に向かった。歩がどんどん速まる。母は口もとを手で押さえていた。

父がついてくるかどうかはたしかめなかった。展示は父がおこなったわけではないのだろう。なにも知らない人々には意義のある展示にちがいない。けれども来るべきではなかった。いまはただ気分が悪い。

5

左ハンドルの運転席には父が乗った。母は右側の助手席だった。後部座席から眺めるふたりの位置関係は、鏡のなかのように逆になっている。

　キエフの中心部である独立広場周辺、目抜き通りといえるフレシチャートィク通りを、三菱アウトランダーで一巡した。いったんクルマを駐車場に停めてから、徒歩で独立広場を散策したものの、気分が昂揚《こうよう》することはなかった。

　ここで政府とデモ隊が衝突し、百人以上の犠牲者がでてから、まだ十年経っていないという。そんな父の説明は余計に思えた。母がきこえないふりをしながら遠ざかった。高さ五十メートル以上もある、頂点に大きな女性像を掲げた円柱、ウクライナ独立記念碑がそびえている。母はひとり塔を背景に自撮りした。

　わたしは梨央奈とともに母に寄り添い、スリーショットを撮った。すると父が撮ってやろうと近づいてきた。母はぶらりとその場を離れ、もう戻ろっか、そういった。

　独立広場からの風景は、どの方角も壮麗だった。けれども歴史的建築はもう充分にカメラにおさめた。父はまだいろいろ案内したがっている。しかしわたしにしてみれば、あまり外をうろつきたくはなかった。周りのウクライナ人がマスクをしていないのが気になる。公衆トイレにも入りたくないし、これから長距離をドライブするとわかっている以上、早めに出発したかった。母と梨央奈も同意見のようだ。

　ほどなくクルマに戻った。一家四人が乗りこむ。エンジンがかかった。駐車場をでて、ふたたび道路を走りだす。父が運転しながらいった。「いくつか見ておいたほうがいいところがある」

助手席の母が物憂げにつぶやいた。「教会以外にして」

「……大聖堂とか地下墓地も含むのか？」

「あと美術館とか博物館も」

「そうするとオペラ劇場ぐらいしかないか。大学の真っ赤な建物も、外からだけ見ておくか？」

「いいから。早くブチャの家に出発して」

「昼飯は？　簡単なものがいいなら、独立広場の地下にもフードコートがあるけどな」

「外食なんかしなくてもいいでしょ。みんなマスクしてないし、お店に入りたくない」

両親の会話は途絶えた。わたしは機内で名所ガイドブックを読みこんでいた。キエフは教会と美術館と博物館ばかり、その事実を承知済みだった。母もたぶん予習してあったのだろう。

美しく絢爛《けんらん》豪華な街並みは、どこまで走っても無限につづくかに思えた。ところがドライブするうち、ふいにその景色は終わりを告げた。現代的で味気ないビル群がひろがる。雪原が徐々に増え、工場も見かけるようになった。

どうやら美観地区は限定されるらしい。もう周りは殺風景な土地ばかりだ。父は随所でクルマを脇道に向かわせた。裏道をショートカットしていく。通行量が少ないのか、雪で覆われたままの路面も多い。

わたしは父にたずねた。「滑らない？」

「こっちじゃふつうにスパイクタイヤを使ってるんだよ」

クルマには詳しくない。免許をとりたいとも思わない。だからスパイクタイヤがどんなものかわからない。たぶんスノータイヤの一種なのだろう。

沈黙がつづいている。母はシートのヘッドレストにもたれかかっていた。梨央奈も無言で外を眺めている。道中は長い。ききたいことを父にきいても問題ないように思える。

「お父さん」わたしは話しかけた。「〝愛のトンネル〟って、いまどうなってる？」

「〝愛のトンネル〟？　ああ、リウネのクレーヴェンにある……。雪だらけじゃないのか」

「やっぱり……。夏じゃないとだめ？」

「夏は蚊でいっぱいだ。刺されまくって入院した観光客もいる」

「ほんとに？」

「冬場じゃなかったとしても、クルマで何時間もかかる。片道で半日みといたほうがいい」

「三月ぐらいには？」

「雪が溶けてる可能性はあるな。でも木が葉っぱ一枚つけてない。地元の人たちが代わりに、色とりどりのリボンを枝に結んだりしてる。観光客が減る時期にも、なんとかしたいと思ってるんだろうが、それで満足できるかどうかは微妙だな」

「リボンでいっぱいになってるの？」

「いや。裸の木の枝のそこかしこに、リボンが結んであるだけだ。知らない人が迷いこんだら、まじないかなにかだと思うだろうな」

母がささやいた。「もういいでしょ」

「なにが？」わたしはきいた。

「飛行機でもいったけど、外国は漫画やアニメとはちがうの。メルヘンチックな街に、金髪で肌の白い人がいても、みんな大変な生活に追われてるの」

「わかってるって。漫画やアニメだなんて思ってない」

「ほんとに？　外国がどこも同じに見えてない？　特に西洋ってだけで、どの国もひとくくり」

梨央奈が口をはさんだ。「お母さん。なんでダル絡みしてくんの？」

「ダル絡みなんて」母が鼻を鳴らした。「テーマパークに来た気分でいるから、〝愛のトンネル〟なんかに行きたがる。でも本当は……」

「もういい」わたしは母を遮った。

また車内は沈黙した。クルマはいつしか速度をあげている。E373という看板があった。高速道路に入ったのかもしれない。道路はまっすぐに延びている。前後を走るクルマはごく少ない。周りは雪に覆われた大地だった。ときおり集落を見かけるだけでしかない。

走行音が大きくなった。多少声を張れば、運転席との会話は可能なものの、母に迷惑かもしれない。わたしは黙りこんだ。窓の外を眺めるうち、しだいに瞼が重くなってきた。いつしかうとうとと眠りだしていた。

小学校と中学校、高校が交ざりあった夢を見た。それぞれの年齢で会った友達が混在している。被災後は新潟に引っ越した。マンションだったり一軒家だったり、住む場所を転々とさせられた。子供心には変化がいつも新鮮に思えた。

やがて福島に戻った。前とは異なる町に住んだ。新築の家のにおいが嬉しかった。友達との関係は希薄にならざるをえなかった。どこへ行ってもひとり。いまわたしが見る夢のなかは、おおむね事実をなぞっていた。常に孤独だった。誰かと打ち解けあうのを苦手に感じる。無人の場所を見つけるたび、安心は得られるが、寂しさがつきまとう。友達のはしゃぐ声は、少し離れた場所からきこえる。いつもこうだ。またこうなった。ぼんやりとそう思った。

どれぐらい時間が過ぎたのだろう。うっすらと目が開いた。車外の風景、青空が視界にあった。丸みを帯びた白い雲が浮かんでいる。

クルマは速度を落とし、なおも走りつづけていた。とっくに高速道路ではない。田舎の一般道のようだ。日本とはちがい、道端にはガードレールも歩道もない。広大な雪原に裸木、ときおり丘のように隆起した森林地帯を見かける。むろんまだ緑は皆無だった。

池には氷が張っている。開けた土地に高圧電線が何本か渡っていた。手つかずの自然ではないと感じさせる。地平線を目にしたかと思えば、すぐに素朴な集落に隠れる。ちゃんと区画整理された道路が縦横に走っていた。宅地にエンジ色の切妻屋根が建つ。大型スーパーマーケットと広い駐車場も見かけたが、いかにも郊外、地方の風景だった。古城のような教会や屋敷も点在するものの、キエフよりずっと小ぶりだ。

助手席の母がもぞもぞと動いた。「着いた？」

「ああ」父が運転しながら応じた。「着いた」

わたしは身を乗りだした。「ブチャ？」

「そう。ブチャだ」父がいった。「なんにもない街だけど、平和で穏やかなところだ。キエフ市内に暮らすよりずっと安心だよ」

6

父が現地の会社から借りている家は、閑静な住宅街のなかにあった。区画整備された街並みに生活道路が走るが、道幅はかなりある。似たような戸建てが目につくものの、それぞれの間隔はかなり離れている。どの庭も広く、樹木が多かった。雪掻きは大変そうだった。軒先に洗濯物を干している家もあった。昼間から散歩する高齢者がいるほかは、人もクルマもほとんど往来しない。

家によって塀があったりなかったりする。裸木と雪ばかりの住宅街で、父の住む家だけ、ひとつの土地に二軒が寄り添うように建っている。どちらも外壁は派手なエンジ色、中折れ屋根の二階建て。上げ下げ式の窓に、深緑色の玄関ドア。シャッター付きガレージもあった。

父は三菱アウトランダーをガレージに入れず、その手前に停めた。わたしは車外に降り立った。靴が雪を踏みしめる。硬くなっていた。うっかりすると滑って転びそうだ。

前面の道路を高齢の白人男性が歩いている。マスクはしていない。片手をあげ、愛想よさげに声をかけてくる。父がなにか言葉をかえした。顔見知りらしい。近所の人だろうか。

ほかに通行人はいない。なんともうら寂しい景色がひろがる。想像以上になにもない田舎だった。おそらく夜は窓明かり以外、闇に没するだろう。ここから見える範囲内には店の看板ひとつない。というより建物自体も数えるほどしかない。キエフという大都会が異次元に感じられた。

隣接する家のドアが開き、父と同年代のアジア人男性が、ダウンジャケット姿で現れた。黒縁眼鏡が鼻息で白く染まる。

「こんにちは」男性が日本語でいった。「瀬里さん。案外早く到着しましたね」

「ああ」父が笑った。「キエフ市内の観光が、わりと早く済ませられてね」

男性は母におじぎをしてから、わたしと梨央奈にも頭をさげた。「磯塚《いそづか》です」

父が紹介した。「同じ会社の社員でね。一緒に出張してきてる後輩だよ。博物館の企画展示の管理を交替でおこなってる。磯塚君。妻の美代子と、娘の琉唯、梨央奈だ」

挨拶《あいさつ》を交わしあった。わたしはほっとした。日本人がいてくれるのは嬉しい。

磯塚はアウトランダーの後部にまわった。「荷物を下ろして、家のなかに運ぶんですよね？　手伝います」

母があわてたようにいった。「いえ。そんなの悪いですから」

「かまいませんよ。このあいだ僕の妻と子供が来たときには、瀬里さんが手伝ってくださったので」磯塚は跳ねあがったリアハッチのなかを覗《のぞ》きこんだ。最初にとりだしたのはわたしのトランクだった。

わたしは駆け寄った。「それはわたしが」

「あなたのトランク？　はい、どうぞ」磯塚が引き渡してくれた。「ええと、琉唯さんだったね。ブチャへようこそ。この家どう？　洒落てると思わないか？」

「……派手な色なので迷子にならないと思います」

磯塚は笑いながら母と梨央奈のトランクを下ろした。「もともと鉄サビを顔料にして木材に塗りこんだのが、エンジ色の家の始まりだったらしいよ。木が腐りにくくなって耐久性もあがったとか。寒い国の知恵らしくて」

一家は玄関ドアを入った。綺麗に片づけてある。キエフのコンドミニアムより広々としたリビングだった。天井は高め、木製家具が点々としていた。ダイニングキッチンの向こうに上り階段がある。それぞれの寝室は二階だろう。

梨央奈ははしゃぎぎみにキッチンに向かい、収納の扉を開け閉めした。先に手を洗うよう母が咎《とが》める。

わたしは磯塚に問いかけた。「ブチャっていうのは……村ですか?」

「ブチャ市だよ。むかしは町だったらしいけど。ブチャ川ってのが流れてててね。人口は三万六千……七千人弱だったかな」

父が口をはさんだ。「福島でいえば相馬《そうま》市ぐらいだ。面積はこっちのほうがずっと狭くて、七分の一ぐらいだけど」

それでもずいぶん閑散としているが、相馬市という喩《たと》えはしっくりくる。ここまでドライブしてきて、途中で市街地を見かけた。あそこが中心部らしい。まずまず栄えてはいるものの、都会と呼ぶにはほど遠かった。高層ビルは存在せず、せいぜい大きめの病院や市役所、教会があるだけだ。公園もやたら広い。どこもかしこも空間的余裕がある。しかも多少賑《にぎ》やかなのはその辺りだけで、少し離れればこの付近と同じ、閑静な住宅街ばかりになる。

相馬市と同様、住宅街であっても、家々の密集の度合いが低い。森や林をよく見かける。宅地開発された地域のさらに外側には、なにもない雪原が広がるようだ。

わたしは半ば途方に暮れた。「ここにはなにがあるんでしょうか」

磯塚がたずねかえしてきた。「なにって？」

「学校の授業が終わったあと、立ち寄れるところだとか……」

父がわたしを見つめた。「スクールバスの送迎がある。ちゃんと家の前に停まってくれる。寄り道はできない」

するとわたしの不満げな顔に気づいたらしく、磯塚が苦笑しながらいった。「日本の学校みたいに、通学中に油を売る文化はないんだよ。電車で都会に遊びに行ったりもしない。キエフまでは直線距離で二十五キロだけど、直通の電車は通ってないし」

いったん家に帰ってから、クルマでどこかに連れて行ってもらうしかないのか。けれども母はこの国で運転はできないだろう。父の帰宅をまつか、休日に期待するしかない。

名所ガイドブックにもブチャ市は載っていなかった。観光客が来るような場所ではないようだ。わたしは磯塚にきいた。「どこか遊べるようなとこはありませんか？」

「遊べるところ……。ブチャ・パッセージ・モールっていうショッピングモールあたりかな。ゲームセンターはコロナ禍でとっくに閉まっちゃったが」

「ショッピングはできますか」

「イオンモールのレベルを考えてると、正直そこまでじゃないね。リテールパーク・ブチャ・ショッピングセンターのほうが大きいけど、そっちにも特に遊戯施設らしきものは……。そうだ、そこから近いアベニールプラザなら、いろいろ見てまわれるよ。新しく建った大きなビルだし」

父がうなずいた。「アベニールプラザでようやく、郡山《こおりやま》や須賀川《すかがわ》のイオンタウンと張り合えるかもな」

いちいち福島に喩えられても、文化が大きくちがうため、まるでぴんと来ない。ただし市内に大きなビルがあるときいただけでも、多少は安心できた。わたしは父を見かえした。「そこはクルマじゃなきゃ行けない？」

「ああ。どこも遠いよ」

「やっぱり……」

「お父さんが休みのときに連れて行ってやるよ。駅前のボグザルナ通りを散歩するといい。市内の公園やスタジアムも。あとは市のシンボルといえる、大きな教会があってな」

きくだけでも面白くなさそうに思える。わたしはつぶやきとともに対話を終えた。

「ショッピングモールだけまわりたい」

7

その夜は父と磯塚が夕食を振る舞ってくれた。食材は買い揃えてあったらしい。料理の腕を振るう父を、わたしは初めて目にした。ウクライナに来てから暇を持て余すようになり、節約も兼ねて自炊を始めたという。野菜煮込みスープのボルシチのほか、サロという豚の脂身の塩漬けができあがった。料理が並べられたテーブルを、一家四人と磯塚で囲んだ。

小麦でできた皮に具を詰めて茹《ゆ》でた、ヴァレニキという水餃子《すいギョーザ》に似た料理があった。味は妙に甘くてジューシーだった。さくらんぼが入っているせいだろう。擂《す》り下ろしたジャガイモに、ニンニクや小麦粉を加え炒《いた》めたデルニが美味《おい》しかった。もちもちした食感とサワークリームが合っている。クロヴヤンカという、黒々としたソーセージには、豚の血と蕎麦《そば》の実が詰まっていた。バターを包んだ鶏肉を揚げたカツレツは、英語でチキン・キーウと名付けられていた。キーウというのがキエフの現地での呼び方だと、わたしは初めて知らされた。

キエフ風ロールキャベツのホルプツィ。肉の煮こごりはホロデーツ。キビを炊いたクリーシュ。牡蠣《かき》は前にアレルギーを起こしたことがあるので遠慮した。すべて手作りではなく、レトルトも交ざっているようだが、どれなのかは父も磯塚も教えてくれなかった。

量が多くたちまち満腹になった。母は依然として口数が少ないものの、ようやく機嫌が直ったようだ。唐辛子や蜂蜜《はちみつ》の入ったウォッカのおかげかもしれない。母はほろ酔いになっていた。一方で今後、日本食を食べられるかどうか、遠慮がちに父に問いかけた。わたしも内心ききたかった質問だった。父と磯塚の料理は美味しかったものの、ずっとこの味がつづくとなるとしんどい。トキオという日本料理のデリバリーもある、磯塚がそう教えてくれた。

夜が更けると、磯塚は隣の家に帰っていった。就寝の時間を迎えた。浴室にトイレがある。ウォシュレットの恩恵にはあずかれない。それらは我慢せねばならない。二階にはひとりずつ六畳ていどの寝室があった。わたしは個室でぐっすりと眠った。

翌朝は薄曇りだった。磯塚はキエフに出勤したらしい。父はきょう休みをとっている。わたしと梨央奈を学校に連れて行くからだ。母も同伴する。きょうはまだ授業がない。私費短期留学の挨拶、学校側の関係者との初顔合わせだった。

制服を着なくていいのはありがたい。とはいえ防寒着が地域の制服といえるかもしれない。ダウンジャケットもセーターも手放せなかった。出発は午前中だった。マフラーを首に巻き、マスクをしたうえで、わたしと梨央奈は家の外にでた。

きょうも三菱アウトランダーで市の中心部をめざした。窓の外にはもう驚きもなかった。たった一日でずいぶん慣れたと感じる。

じつのところブチャ市は、日本の田舎にそっくりだった。観光地ではないためだろう、景観に力が注がれていないとわかる。ふつうの家に汎用《はんよう》のサッシの窓、道路沿いには電柱が建ち、電線が張り巡らされている。市民ものんびりと道端を往来する。

田舎といっても畑ばかりということはなく、どこまで行っても簡素な住宅街がひろがる。外国にいることさえ忘れがちになる。クルマが道路の右側を走っているのを見て、ようやく日本ではないと意識するぐらいだ。キエフ市内は美観地区にすぎなかったと、いまさらながら実感させられる。

とはいえすべてが日本と共通しているわけではない。民家の軒先を改装した雑貨店は、いかにも品揃えが少なそうだった。コンクリート製の屋根と壁を備えるバス停には、おびただしい数の落書きがあった。

車外に石畳の広場が見えた。雪掻きされたわずかな場所で、若者がスケートボードに興じている。不良っぽいファッションは全世界共通かもしれない。こちらを一瞥したのは金髪の白人少年だった。あんな端整な外見に生まれておきながら、田舎で無駄な時間を過ごすとは、なんとももったいない。きょうは平日だが、学校に行かないのだろうか。

市役所や図書館、警察署が集中する区画が、市内の中心部にあたる。やはり相馬市の中心部と同じレベルに思える。贅《ぜい》を尽くした感じはまるでなく、質素でシンプルな街並みだった。行政の庁舎の近辺も、せいぜい四階建てか五階建てのアパートメントが連なり、一階にテナントがあるていどだ。薬局はテナントを間借りしていた。ほかに独立した店舗の建物も点在するが、きわめてまばらだった。交叉点《こうさてん》の角にピザの店、ほかにステーキハウス、ATBマーケットというディスカウントスーパー。商業看板はごく少ない。日本とちがうのはやはり樹木の多さか。空間があれば木々が密集している印象だった。

学校はそんな中心部近くにあった。土を敷いたグラウンドにサッカーゴールや鉄棒を備える。校舎は横に長い三階建てで、日本人の目にも一見して学校とわかる。三角屋根が降雪の多さを物語る、それぐらいのちがいしかない。グラウンドの反対側に駐車場があり、校舎のそちら側が職員や来客の出入口になっている。そういうところも日本と変わらない。

一家四人で校舎の出入口に向かう。警備員はいなかったが、役場のような受付があり、眼鏡をかけた女性が座っていた。父がぎこちないウクライナ語で話しかける。女性は立ちあがり、奥へと案内した。

廊下の壁はペパーミントグリーンだった。校長室に入った。内装はバロック様式だが、控えめなほうだろう。壁に掲げられた大きな紋章は校章らしい。

わたしはウクライナ語で挨拶した。ドブロホ・ラーンクといった。おはようございますのウクライナ語だった。片言のウクライナ語を話せる父が教えてくれた。ありがとうございますはディャークユ。「はい」はタクで「いいえ」はニー。梨央奈はひたすら笑ってごまかしていた。

校長はイヴァンという名の、頭髪の薄くなった小太りの白人男性だった。スーツをきちんと着こなしている。ほかに高齢の女性がひとりいた。ナターシャ・カーロリ、外国人クラスの担任教師らしい。これから撮影があるのかと思うぐらいの厚化粧だった。ふたりとも英語ができるため、わたしの母との意思の疎通に難はなさそうだった。

一同はソファに座った。両親が校長らと対話を始めた。わたしはまたひとつ安心材料を得た。ウクライナは英語を話せる人が少ないときくが、担任教師は例外だった。英語ならなんとか会話できる。

クラスを見ますか、女性教師がそう問いかけてきた。ぜひにと母が答えた。一家は廊下にでて、階段を上っていき、三階のクラスを訪ねた。

その教室には六人しかいなかった。空間を持て余すように、机が等間隔に三つずつ、二列に並んでいた。人種はさまざまで、アジア人の男女がいたが、日本人ではないとわかった。年齢もばらばらだった。クラスメイトたちはハローと挨拶を口にしたものの、笑顔までには至らず、どちらかといえば仏頂面だった。人見知りかもしれない。お互い様だろう。

この学校では外国人の中学生と高校生を対象に、平日の授業をおこなっている。授業は英語で進めるという。わたしと梨央奈はふたりともこのクラスだった。そんな事実は初めて知った。わたしは唖然《あぜん》として梨央奈を見つめた。梨央奈も面食らった顔で見かえした。

六人がどういう経緯でここに通学しているのか、学校側もなぜ外国人の生徒を受けいれているのか、詳細はわからない。大人たちがきめたことだ。平日にこの学校、土曜日にキエフの日本語補習授業校に通うことで、日本で三学期をこなすのと同等の単位を得られる。それだけは約束されている。春の帰国後は無事に進級できる。

その日は担任教師やクラスメイトへの挨拶だけで終わった。帰りにはショッピングモールまで足を延ばした。想像どおり広大な駐車場があった。建物はカラフルだが看板はわりと地味だった。内部はたしかにイオンタウンのように、明るく派手な店舗が連なっている。服もスニーカーも新しいものが買えそうだ。

クルマで走る道路沿いに、家具店や洋菓子店、自動車修理の専門店を見かけた。それ以外はやはりどこも木立、それにぽつぽつと点在する民家のみ。

ブチャ駅前も通りかかったが、ペパーミントグリーンの屋根の小さな駅舎に、雪で覆われた線路があるだけだった。駅舎の外には素朴なロータリー。バス停だというが、停まっているクルマは一台もない。周辺は裸木ばかりの林。駅ビルや駅前商店街などありはしない。南相馬市よりもさらに田舎といえるかもしれない。

家に帰るクルマのなかは、ほっとした空気が充満していた。両親は控えめながら談笑していた。わたしもいつしか梨央奈と笑いあっていた。

異国暮らしと身構えていたが、わかってしまえばこんなに気楽なことはない。民族がちがうだけで、田舎はどこの国でも同じだった。ここには平和しかない。重大犯罪など起きようもない。スリの心配があるキエフより、よほど安泰でいられる。自然災害ばかりの日本よりも安全かもしれない。クラスメイトと仲が深まらなくても、気にする必要はないだろう。春には帰国するのだから。

三か月間のんびり過ごせばいい。わたしはぼんやりとそう思った。人が少ないぶん、コロナ禍で密にならずに済む。たぶんここに来たのは正解だった。

8

翌朝からスクールバスが、わたしの住む家の前にも停まるようになった。わたしと梨央奈は学校に通いだした。

バスには先客がいた。きのう外国人クラスでも見かけた、十七歳の中国人少年ワン・イーチェンと、ドイツ人の十四歳の少女カミラ・アンデが一緒だった。カミラは身体にぴったり合った、ピンク色のダウンを着こんでいた。

なんとなく挨拶しそびれたままバスが発車した。車内にはほかにもウクライナ人らしき生徒たちがいる。みな無口だった。互いに言葉を交わさなかった。

外国人は気さくというイメージがあったが、わたしはアメリカや中国製の映画を観て、そう思いこんでいたにすぎないのだろう。学校に着いてからも、クラスメイトとの会話はなかった。おとなしく机に座り、授業が始まるのをまつだけだった。外国人クラスのほかの四人は、まずドイツ人の十五歳の少女ユッタ・バルリング。フィンランド人の十八歳の少年イージョ・アーリラ。スウェーデン人の十六歳の少年ハッセ・ベックストレーム。それに中国人の十五歳の少女ヤン・シンイー。授業前に八人が揃ったが、どうにも打ち解けない。

ナターシャ・カーロリ先生が来て、英語での授業が始まった。教科も課題もばらばらで、先生が机を順番に巡り、個別に指導をしてくる。日本の過疎地域の学校に似ているかもしれない。わたしと梨央奈はそれぞれ高二と中一の数学を、英語のテキストで受講した。ふたつの教科が合わさったような授業は新鮮だったが、難易度も高かった。初めての授業では、やっとのことで二問を解いただけに終わった。

週末の土曜には、朝早くから父がクルマでキエフに送ってくれた。キエフといっても郊外だった。動物園に近いキエフ工科大学のなか、教室を借りて日本語補習授業がおこなわれていた。

キエフ工科大学の建物は立派なものの、わたしたちの教室は校舎の隅に位置していた。五人のクラスメイトは当然、全員が日本人だが、なんと小学生ばかりだった。しかもみな日本語があまり達者ではない。

わたしはようやく日本語補習授業校の意味を知った。ウクライナに生まれた日本人の子供が、日本語に慣れ親しむために、週にいちど日本語の授業を受けに来る。日本語を知らない日本人にさせないための学校だ。だから〝日本語補習授業〟と呼ばれる。文科省の認可を受けた制度でもある。わたしや梨央奈のように、私費短期留学の生徒も利用するが、どうやら稀《まれ》なケースに属しているようだ。

担任教師は日本人で、牧野《まきの》という三十代の男性だった。このクラスも前は二十人ぐらいいたんだけどね、牧野先生はそういって笑った。どんどん減少して現在の人数になったらしい。日本人教師はほかにふたり在籍していて、いちおう各自が小中高を担当するきまりだが、いまは単に三人のローテーションになってしまったようだ。牧野は中学の担当だった。高二のわたしの勉強は来週、高校担当の先生が重点的にみてくれるという。初回はほとんど自習に留《とど》まった。日本語の教科書を用いるほかは、ブチャの学校とあまり変わらない。

授業が終わると、父がクルマで迎えに来ていた。まだ仕事があるからといって、父はわたしと梨央奈を、チェルノブイリ博物館付近に連れて行った。博物館の目と鼻の先のカフェで、姉妹ふたりきりで父の勤務明けをまつことになった。わたしはもう不安をおぼえなかった。梨央奈も平気そうな顔をしている。腹が空いていた。サバのサンドウィッチやフライに、酸味とコクのあるコーヒーを注文した。デザートはパイ菓子。これが週一の習慣になるのだろう。

チェルノブイリ博物館は午後六時に閉まる。辺りが暗くなってから、父がカフェに来て、クルマで帰路につく。土曜だけに道は混んでいた。ブチャの家に着いたのは午後八時すぎだった。

運転のできない母は外出の手段がなく、ずっと家で留守番しているため、また不満が溜《た》まりだしたようだ。その夜遅くには一階で激しい口論があった。わたしは頭からシーツをかぶり、気にしまいと心にきめた。問題の解決方法は両親で話し合えばいい。子供には子供の課題がある。

とはいえどうも腑《ふ》に落ちない。母は父と一緒にいたいと望み、わざわざウクライナに飛んできたのではないのか。なのに両親ふたりは言い争ってばかりいる。ふたりきりででかけたら、わたしがそう提言しても、父母はなにも答えない。事実として夫婦のみの外出はなかった。父は娘ふたりの送迎、母はそこにときおり同行するだけだ。夫婦の会話はいつも途切れがちになる。いったいどういうつもりなのか。娘ふたりの私費短期留学にしても、かなりの出費にちがいないだろうに。

　二度目の日本語補習授業をこなした翌週の月曜、ブチャの授業はなぜか早めに終わった。わたしは梨央奈とともに、スクールバスで帰路に就いた。クラスメイトのワン・イーチェンとカミラ・アンデも一緒に乗っている。例によって特に会話はない。学校も三週目に入ったが、言葉の壁のせいもあり、互いの距離は縮まらなかった。

　ナターシャ・カーロリ先生も、生徒どうしの友好を強要しなかった。教師自身、あまり生徒に歩み寄る姿勢をしめさない。家にいる両親と、近所の人々の関係もそうだ。これがウクライナの国民性かもしれない。

　外で見かけるウクライナの人々は、マスクこそしていないが、一方で身だしなみに気を配っている。ご婦人は常に化粧を完璧《かんぺき》な状態で保つ。プライドの高さの表れに思える。そのぶん他人を受容するのにも積極的ではない。先生もおふざけや冗談に、つきあいで笑ったりしない。よそよそしいのとは少しちがう。人間関係が希薄というわけでもなさそうだ。ただ礼儀を重んじ、馴《な》れあいを避けたがる、そんな傾向がある。外国人ばかりのクラスの空気にも、それが反映されていた。今後の二か月間はこのままだろうか。

　わたしはスマホの画面を見た。きょうは一月二十四日。もうすぐバレンタインデーになる。この国では義理チョコを贈る文化はあるのだろうか。隣に住む磯塚や、日本語補習授業校の牧野先生らに、チョコレートをプレゼントすべきか。父が帰ってきたらたずねよう。

そう思ったとき、スクールバスが急停車した。交叉点の手前で停まった。深緑色の戦車に似た巨大な車両が、目の前を横断していく。バスはその車両に道を譲っていた。

正確には戦車ではない。最近よく見かけるようになったため、父にきいたところ、兵員輸送車だと教えてくれた。側面は無骨な鉄板だが、上部に迷彩服を着た兵士たちが大勢乗っている。キャタピラーではなく、トレーラーのように大きな車輪を六輪以上備える。

父は何度か〝走行車両〟とも表現したが、車両は走るのが当たり前だろうと、わたしはふしぎに思った。のちに〝装甲車両〟といっていたのだとわかった。わたしはそれぐらい軍事には疎かった。女子高生はそれがふつうだった。流行《はや》りのK－POPアーティストには詳しいし、ハングルの何文字かが読めたりするものの、この国は知らないことばかりだ。

かつて福島の被災地周辺でも、自衛隊のトラックをよく目にした。だからこういう車両自体に驚いたりはしない。それでもこの国の場合は、日本よりずっと物々しかった。乗車する兵士らがみな機関銃を携えている。機関銃についても父は、アサルトライフルだと訂正してきた。興味が持てない。わたしは父の過剰な説明をきき流した。

いまバスの前を横切る装甲兵員輸送車は、一台のみならず二台、三台とつづいている。最終的に十台近い車列が横切っていった。

さすがに張り詰めた空気が漂う。バスがふたたび動きだした。車内の誰も喋らない。梨央奈は気にしているようすもなく、平然とスマホをいじっている。

兵員輸送車の数は日ごとに増えている、そんな気がしてならない。前はこんなに見かけなかった。どこから来てどこに向かうのだろう。

わたしと梨央奈は家の前で降車した。なぜか父の三菱アウトランダーが駐車していた。

梨央奈がつぶやいた。「お父さん、もう帰ってきてる」

なぜこんなに早く帰宅したのか。最終月曜は休みのはずだが、今月はまだ三十一日がある。午後六時まではチェルノブイリ博物館にいるのがふつうなのに。

ドアを開け、わたしと梨央奈は家のなかに入った。真っ先に目にとまったのは、ソファに腰かけた磯塚だった。磯塚はこちらを見たが、いつものように笑いかけてはこなかった。ただ硬い顔でテレビに向き直った。

キッチンから父がエプロン姿で現れた。手にした大皿には、水餃子に似たヴァレニキが並んでいる。いま作ったわけでなく、残りものを温めたとわかる。小腹が空いたから、適当に食べられるものを用意した、そんな状況のようだ。磯塚と深刻な話をしていたのか、父の表情も曇りがちだった。娘ふたりの帰宅に父は足をとめ、ぼそりといった。「お帰り」

わたしは磯塚にきかれまいと声をひそめた。「お父さん。あのさ。この国ではバレンタインデーのチョコって、買ってくるの？　手作りのほうがいい？」

しばし父は無言で見かえした。真顔で父が応じた。「バレンタインデーはカトリックの記念日だろ。ここじゃほとんどウクライナ正教だぞ」

「……バレンタインデー、ないの？」

「ない。三月八日に男から女に贈り物をする習慣はある。国際女性デーだからな」

梨央奈がきいた。「お父さんがわたしたちに、なにかくれたりもするの？」

父は浮かない顔で視線を落とした。「帰ったらすぐ手と顔を洗うんだろ」

それだけいうと父は料理を手に、磯塚のいるソファへと向かった。ローテーブルに大皿が置かれる。磯塚が頭をさげた。ニュース番組はいつものごとく、クリミアかどこかの軍の動きを伝えていた。

大人たちのそっけなさに戸惑いつつ、わたしは梨央奈とともにバスルームに入った。二種のハンドソープで手と顔を洗った。髪はアルコール除菌シートで拭いた。洗濯機の上に着替えが畳んである。脱いだ服は蓋《ふた》付きの籠《かご》にいれる。この家ではコロナ対策が義務化されていた。

わたしと梨央奈は着替えを終え、リビングルームに戻った。するとソファに母も座っていた。やはり憂鬱そうな顔でテレビを観ている。

この家のテレビは、英語のチャンネルがひとつしか入らない。いま流れているのはその局のニュースだった。英語なのはわかるが早口すぎて、わたしにはききとれなかった。母は理解できているようだ。

わたしと梨央奈はソファの近くに立ち、テレビ画面を眺めた。どこかの地域に展開するロシア軍。日々の報道といえば、軍関係かコロナ禍ばかりだった。しかしきょうの映像はどこか雰囲気が異なる。

戦闘機の映像がときおり入る。次いで深緑色の貨物コンテナ。星条旗のワッペンを身につけた兵士たちの群れ。アメリカ軍だろうか。迷彩服の大部隊が埋め尽くす。政治家とおぼしき人々の顔がインサートされる。ロシアのプーチン大統領も現れた。バイデン大統領の映像もあった。またコンテナが映った。

「なに？」わたしはきいた。

母がわたしに目を向けた。「ウクライナにいるアメリカ人に国外退避命令だって」

「退避って……」

「この国にいちゃいけないってこと。米国大使館員と家族、民間人も」

「わたしたちも日本に帰るの？」

父は難しい顔でささやいた。「全員に退避を命じてるのはアメリカぐらいだ。イギリスは大使館員の家族と、一部大使館員だけが対象だといってる」

母が憂いの表情を父に向けた。「日本はアメリカに同調するんじゃない？」

「さあな。日本についてはちっとも報道されない。英語チャンネルだからって、アメリカやイギリスのことばかりか。ＮＨＫワールドは入らないし」父がリモコンを手にとり、チャンネルを次々と替えだした。

「やめてよ」母が抗議した。「ウクライナ語のニュースじゃ、よけいわからなくなるでしょ」

リモコンをローテーブルに叩《たた》きつけ、父がスマホをとりだす。画面をタップし、スワイプしたものの、父は苛立たしげに立ちあがった。「またワイファイが入らない。上のパソコンで見てくる」

父がソファを離れ、階段を駆け上っていく。母がリモコンを操作した。英語チャンネルに戻す。居心地悪そうにしている磯塚をちらと見て、母が皿のヴァレニキを指ししめした。「どうぞ召しあがってください」

「どうも」磯塚が恐縮したようにおじぎをする。日本人らしい遠慮をしめしつつも、食べずにいるのはかえって失礼と感じたのだろう。磯塚がフォークを手にとった。

梨央奈が母にきいた。「わたしたちのご飯は?」

「デリバリーを頼むから……。きょうの外出はなし」

「えー? スクールバスから見たけど、どのお店も普通に営業してたよ。なにも変わってない。せっかく早く帰ったのに」

日常とのちがいはそこだ。わたしは気づいた。授業が早々に切りあげられた。先生は理由を説明しなかった。国籍がばらばらの生徒らに対し、各自事情が異なる、そう考えたからかもしれない。

父が階段を駆け下りてきた。「外務省の渡航情報、レベル3だな」

「レベル3?」母の眉間に皺が寄った。「渡航中止勧告だっけ。いまウクライナにいるわたしたちは?」

「退避勧告はレベル4だ」父はソファに腰を下ろした。フォークを手にヴァレニキをつまんだ。

母は父の横顔を見つめた。「レベル3だから帰らなくてもいいって？」

ヴァレニキを頬張る父は、母に目を向けなかった。「いまはどうせ空港も大混雑だろう。俺にも仕事がある」

「わたしたちは？　イギリスでも大使館員の家族は、優先的に帰国させてるんでしょ？」

「学費を前払いしたじゃないか。この家の使用料にしても、俺ひとりのときとはちがうんだよ。三月まで三人増えるって会社にも申請済みだし、もう給料からの引き落としは止められないし」

「どうせ三月十一日には、お墓参りに帰国する予定だったでしょ。いま早めに帰って、いったんようすを見たところで、そんなに変わらないんじゃない？」

「自分のことだけか？」

「どういう意味？　琉唯と梨央奈も……」

父がローテーブルの缶ビールに手を伸ばした。蓋を開ける音が響く。父は缶をぐいと呷《あお》った。「春までここにいるのはもう決定済みだ。近所の人にきけばわかるが、この国じゃこういうことは頻繁にある。心配すんな。ロシアもそこまで愚かじゃないよ」

「だけどこのニュース……。もっと切羽詰まった状況じゃなくて？」

「外はなにも変わらん。梨央奈がいってたとおりだ」

「でもきょうは博物館からも早く帰らされたんでしょ？」

「会社が気をまわしてくれただけだ」父は磯塚に笑いかけた。「外国人だからって、俺たちに配慮しすぎだよな。ウクライナ人はみんな定時まで働いてるってのに」

磯塚は当惑ぎみにうつむいた。父への賛同はしめさず、黙ってやりすごした。

父は日本で討論番組を観ているときと同じように、缶ビール片手に論評を始めた。

「ドイツが悪い。アメリカもフランスも、NATOは一致協力してロシアを押し戻そうとしてる。なのにドイツだけ及び腰だ。ロシアからガスを輸入できなきゃ困るし、中国にベンツやBMWやアウディを売ってるからな」

しばし沈黙があった。しらけぎみの静寂が漂う。母がわたしと梨央奈に告げてきた。

「上に行って。宿題があるでしょ。自分の部屋にいて」

チャイムが鳴った。来客だろうか。気になった。わたしは梨央奈とともにその場に留まった。母が玄関に向かう。解錠しドアを開けた。

軍服とおぼしき制服姿の白人男性がふたり、ドアの外に立っていた。いずれも厳《いか》めしい顔をしている。帽子やヘルメットはかぶっていない。アサルトライフルは携えていなかったが、建築作業員の工具ベルトに似た物を腰に巻き、複数の大きなポケットが装備品で膨らんでいる。うちひとつが拳銃でないとはいいきれない。わたしの目では判別できなかった。

　ひとりは短く刈りあげた金髪だった。鋭い目つき、鷲鼻《わしばな》に割れた顎《あご》の、ひどく頑固そうな面立ち。訛《なま》りのある英語で母に話しかける。母も英語で対応した。

　しばし会話がつづいた。ふたりは踵《きびす》をかえし立ち去った。母がドアを閉め施錠した。釈然としない顔で室内に向き直る。

　わたしは母にたずねた。「いまの人たち、誰？」

「陸軍の独立歩兵旅団……と訳すのかな。この国の軍人さん。セルゲイ・ダニールコさんと名乗ってた」

　父が妙な顔になった。「なんの用だった？」

「べつに」母はさばさばといった。「質問だけ。日本人ですかとか、どういう理由でお住まいですかとか。市内の外国人を把握するためにまわってるって」

「スマホの電波がどうなってるかもきくべきだったろ」

「そんなことあの人たちには……」母が口をつぐんだ。苛立ちがまたわたしと梨央奈に向けられる。母はささやいた。「上へ行って」

梨央奈は抵抗の素振りをしめした。わたしは梨央奈をうながし、階段へといざなった。ふたりで二階に上っていく。

磯塚のぼそぼそと話す声を背にきいた。「会社は日本政府の方針にしたがうと思います。レベル3のうちは呼び戻さず、レベル4になれば帰ってこいというでしょう。でもそうなったときに飛行機が飛ぶかどうか……」

わたしと梨央奈は二階に達した。階下の話し声はほとんどきこえなくなった。いつまでも廊下に留まり、聞き耳を立てたところで無意味だ。小難しい社会情勢は理解できない。

震災のとき避難所で寝泊まりしたのは、たしかに怖くはあったものの、幼心にはちょっとしたイベントだった。コロナ禍は単に迷惑でしかなかった。いまは漠然とした不安だけがある。大人たちが心配していたのに結局、取り越し苦労に終わった、そんな経験は何度もある。特に地元では余震や台風のたび騒然となった。現在もそれと変わらない気がする。そう思いたい。

「お姉ちゃん」梨央奈がきいた。「どうする?」

「宿題やっとこうよ」わたしは自室のドアに手をかけた。「レベル3とか4とか、わたしたちが心配したってしょうがないんだしさ」

9

父や母が不安げな顔でテレビのニュースを眺める。そんな状況は変わらないものの、日々の生活にはさほど影響がなかった。

学校は下校時間が早められたが、授業は連日おこなわれた。英語をききとるのも困難な生徒がほとんどのため、先生も雑談などはしない。よって社会情勢への言及もなかった。校舎内で目にするウクライナ人の生徒たちは、前と変わらず笑い声を発し、ボール遊びに興じたりしている。スクールバスから見える広場でも、不良風の少年たちがスケートボードで駆けめぐっていた。

コロナ禍の自粛が始まったころ、日本社会に緊張が走ったにもかかわらず、ほどなくみな慣れだした。購入が難しかったマスクやハンドソープが、問題なく手に入るようになると、誰もが新しい暮らしに順応していった。不便を感じることはあっても、それなりの楽しみは得られるようになった。父が電力会社勤めで、とりあえず収入の心配がなかったせいかもしれない。

いまもわたしは同じ心境にあった。街なかで兵員輸送車を見かけるたび、たしかに気がかりになる。それでもすぐに忘れる機会が訪れる。父がショッピングモールに行こうと提案すると、わたしと梨央奈は喜んででかけた。そのうち心配性の母も同行するようになった。

ショッピングモールは盛況だった。各店舗ではセールさえおこなわれていた。ただし洗剤やトイレットペーパーなど、日用品の品切れがめだつ傾向があった。コロナ禍の初期と同じ現象かもしれない。わたしの家でも備蓄を増やしておくことになった。三菱アウトランダーの荷台が満杯になるぐらい、生活用品をたっぷり買いこんだ。

父が家電を見に行っているあいだに、わたしと梨央奈は母と一緒に、生理用品を山ほど買った。母が持参した何枚ものエコバッグが、丸々と膨れあがり、アウトランダーの荷台におさまった。

モール内のようすは以前と変わらない。金髪の少女と母親、祖母らしき三人連れが、洒落た服を買い求めている。通路のベンチで男性がくつろいでいた。レジの店員は淡々と仕事をつづける。商品棚はどれもカラフルだった。モデルの写真をあしらったポスターが貼られている。わたしたち一家は駐車場にでた。人の動きはゆっくりとしていた。路上もほどほどの混みようだった。テイクアウトの飲食店もステーキハウスも、前と変わらず賑わっている。

緊急事態を告げているのはニュース番組だけ、だんだんそう思えてきた。治安が悪い国なら別だろうが、ウクライナは当てはまらない。日本と変わらず平和な国だ。しかも都会の喧噪から遠く離れた、のどかな景色のなか、のんびりとした人々の住む片田舎でしかない。なにかが起きようとそれは別世界の話だ。日常が脅かされることはまずない。緊張感を持って暮らすのは悪くないが、臆病《おくびょう》に生きるのは馬鹿げている。

ただし変化は皆無ではなかった。日本語補習授業校は二週つづけて臨時休校になった。母は帰国をあきらめたわけではないらしい。両親の対立は依然つづいていた。毎晩遅くまで一階から口論がきこえた。

ある夜中にわたしは一階に下りていった。もう口喧嘩《くちげんか》の声もきこえなくなったため、両親は就寝したと思っていた。

ところがダイニングテーブルの椅子に、母がひとり座っていた。ワインボトルが空になっている。憔悴《しょうすい》した面持ちで母がささやいた。「琉唯。ききたいことがあるんだけど」

「なに？」

「仮の話だけどね。もしお母さんとお父さんが別れたら、琉唯はどうする？」

「……どうするって？」

「どっちと一緒に暮らしたいかって」

きた。やはりそういう話になった。わたしは息を呑みながらも、どこか醒《さ》めた気分でたたずんだ。

母が物憂げにいった。「お父さん、ちっとも日本に帰ってこなかったでしょ。その前から意見を交わしたかったんだけど、機会がなくてね。だから最終協議に飛んできた」

「最終協議……」

「家族揃って暮らしてみて、どんなふうになるか、最後に確認してみたかったの」

わたしはその場ではなにも答えなかった。言葉を濁し、ただ自室に引き揚げた。ベッドに潜ってから涙が滲《にじ》んできた。声を殺しながら泣いた。悲しみの理由を突き詰めるまでもない。どうにもならない思いが胸から溢《あふ》れた。

翌朝、クルマで出勤しようとする父を、わたしは庭に追いかけていった。父が運転席に乗りこもうとしている。わたしは声をかけた。「でかけるの？」

「ああ。博物館は閉館日が増えたけど、ほかにも出張業務をこなしとかないと」

「あのさ。お母さんから尋ねられたんだけど」

「なにを？」

「どっちと暮らしたいかって」

父は動きをとめた。乗車しかけた中腰の姿勢のままだった。虚空を眺めながらため息をついた。「お母さんが琉唯にきいたのか」

わたしはうなずいた。「ここに来たのは最終協議のためだって」

「最終協議か」父が苦笑した。

「初めから知ってた？」

「いや。でも話し合ううちにわかってきた」

「それでお父さんはどう思ってるの」

「どうって……。どっちが悪いとか、そういうことじゃないんだ。お父さんも仕事の事情とかいろいろあるし、考え方のちがいも増えてな。複雑なんだよ。ウクライナとロシアみたいなもんだ」

いうと思った。だがその喩えだけはききたくなかった。わたしは身を退かせた。

「いってらっしゃい」

「……いってきます」父の顔から笑いが消えた。運転席に乗りこみドアを閉じる。エンジンがかかった。

学校へ行くスクールバスの車内で、わたしはスマホを操作し、日本のネットに接続した。そうして気を紛らわせるしかなかった。

日本にいる友達はみなホカンス、すなわちホテル女子会を楽しんでいる。マフラーを巻いて小顔に見せながら、自撮りするのが定番化していた。ルーズソックスを履いてインスタにあげている友達もちらほらいる。去年の末まではコスプレ感覚だったが、まさかそのままでかけたりするのだろうか。流行に疎くなると常識もわからなくなる。

ネットを巡るうち、読みたくなくても日本語のニュース記事が目に飛びこんでくる。アメリカ、兵士三千人を東欧へ追加派兵。武器も大量輸送。ニュースで見かけた貨物用コンテナは、このことを伝えていたのか。コンテナの中身は銃と弾か。

ロシア軍は十三万人規模の兵士を、ウクライナを包囲するように展開させている。黒海にも艦隊を派遣済みだという。名目は隣国ベラルーシとの合同軍事演習とのことだが、侵略の準備段階にちがいない。記事にはそうあった。

わたしは不安を掻き消そうと窓の外を眺めた。雪掻きをする初老の男性が目に入った。犬を散歩させる夫婦もいる。薬局からでてきた婦人は買い物袋を抱えている。金色や褐色の髪に白い肌の人々は絵になる。ここでは平穏な日常に美しさがある。

いきなり兵員輸送車が横切っていった。バスに乗っているわたしの目線より、兵士たちは上にいる。みなアサルトライフルを携えていた。鋭いまなざしが通りすがり、わたしを見下ろしていった。

二月の第二週、下校時間はだんだん早まっていった。ナターシャ・カーロリ先生はいつも礼儀正しく、きちんときめられた授業をこなす。それゆえいっこうに本心がのぞけない。外国人クラスの生徒たちの身を案じてくれているのか、それともただ職務をこなしているだけか。金曜にはとうとう午前中だけで家に帰されることになった。

下校のスクールバスからの眺めは、それまでと著しく異なっていた。

道路が空いている。クルマの往来がほとんどなかった。路上駐車も激減している。一方で兵員輸送車はひっきりなしに見かける。道端に停まった兵員輸送車から、兵士たちが降車し、路上に整列していた。

歩行者がほとんどいない。広場にたむろする若者の姿もない。店は閉まっている。そういえばヘリコプターの爆音もひっきりなしにきこえる。

家に着いた。きょうも父の三菱アウトランダーは、ガレージ前に戻っていた。わたしと梨央奈は玄関を入った。リビングルームでは、両親と磯塚がソファに陣取り、三人でテレビを眺めていた。ただし今回は様相がちがう。大人たちは揃ってこちらに顔を向けた。母が立ちあがり、気遣わしげに駆け寄ってきた。

「ああ」母がつぶやいた。「琉唯、梨央奈」

母は少し離れた場所で立ちどまった。なぜ母が近づいてきたか、わたしには理由がわからなかった。

父も腰を浮かせた。神妙な顔で父がいった。「レベル4になった」

わたしは驚いた。「それって……」

「帰らないといけない。退避勧告だからな。会社からも帰国するよう指示があった」

「いつ発《た》つの？」

「細かいことはこれからだ。でも荷物はまとめといてくれるか。いつでも出発できるように」

ふいに気分の昂《たか》ぶりをおぼえる。梨央奈と顔を見合わせた。姉妹は競うように浴室へと走った。手を洗い終えるや、急ぎ二階に駆け上ると、それぞれの部屋に飛びこんでいった。

キャビネットを開けた。わたしは衣類をすべて抱えあげ、ベッドの上にぶちまけた。トランクは床に開かれている。なにをどんな順番で収めるのが効率的か、とっくにわかっていた。帰国の段になったときの行動なら、頭のなかで何度もシミュレートしてきた。

面倒だとは思わない。手を休める気にもならない。夢中で荷作りに励むうち、わたしは自覚した。ずっと帰りたかった。すなおな思いに目を向ければ、ただ苦しくなる。だから無視してきただけだ。いまはひたすら胸が躍った。日本に帰れる。こんな嬉しいことはない。

10

空の便を予約するのはやはり手間だったらしい。ちょうど週末に差しかかっていた。翌日十二日の土曜と、十三日の日曜は満席だと父がいった。

めずらしく家のワイファイが機能した。自室でのスマホによるネット閲覧がスムーズだった。日本語のニュース記事に、外務省が日本人退避のための飛行機を用意する予定、そう書いてあった。それなら必死にチケットをとらなくても搭乗できるのではないか。

父は渋い顔で告げてきた。そんなのは大使館の関係者だとか家族だとか、あるいは大企業の幹部だとか、キエフに住む重要人物に限られるよ。順番がまわってくるとしてもずっと後になる。会社も自分でチケットをとって戻れといってる。だからそうするしかないと父はいった。

母はそこまで否定的ではなかった。十四日の月曜の朝、固定電話で日本大使館にかけてくれた。なかなかつながらないようすだったが、昼近くには電話で話しているところを見かけた。けれどもほどなく母は、浮かない顔で通話を切った。日本政府や外務省からは、まだなんの通達もない。大使館は受付窓口ではない、航空会社をあたったほうが早い。そう突っぱねられたという。

ようやく四人ぶんのチケットが予約できたのは、その日の夜だった。明後日《あさって》、十六日の水曜。午前の便が押さえられた。

五つのトランクを三菱アウトランダーの荷台に積みこんだ。十五日の深夜から、一家はクルマで出発した。高速道路の渋滞を考慮したうえで、前の晩からでかけることになった。行き先はボルィースピリ空港ではなく、ジュリャーヌィという、もうひとつの国際空港らしい。ひとまずウクライナから脱出することを優先するため、いったんドバイに飛ぶようだ。

高速道路に入った直後、父が舌打ちした。理由は前方を見ればあきらかだった。暗闇に無数の赤いテールランプが連なる。

こんな田舎から渋滞がつづいているのか。わたしはげんなりした。翌朝までに着けるだろうか。

「まいったな」父が運転席でぼやいた。「キエフから逃げてくるクルマは多くても、上りはそうでもないと思ってたのに」

助手席の母は側頭部をサイドウィンドウにもたせかけた。「いいから慎重に運転して。トラブル起こさないように」

父が後部座席を振りかえった。「梨央奈。あんまり飲むな。トイレに行きたくなったら困るからな」

梨央奈は水筒を呷っていたが、顔をしかめると蓋を閉めた。手持ち無沙汰《ぶさた》そうにスマホをいじりだす。しかしすぐにため息を漏らした。梨央奈がつぶやいた。「つながらない」

わたしも自分のスマホをとりだした。画面をタップする。ネットブラウザを開いてみた。真っ白な表示に、読めないウクライナ語の一文。接続できなかった。異常事態が発生したのか、そもそも付近に電波が飛んでいないのか、いまのところ原因は不明だった。

渋滞は動かないかに思えたが、じわじわと車列が進みだした。父がほっとしたようにささやいた。「やっぱり下りにくらべれば流れてるほうだ。急いで避難しなくてもいいって空気が漂い始めてたからな。いま空港に向かってるのは、即時帰国の指示を受けた人間だけだろ」

わたしは妙に思った。「急いで避難しなくてもいいの……？」

「アメリカの大統領がイギリスの首相と電話で話したってさ。ふたりともロシアと交渉の余地があるってツイートしてる」

ツイートが安心材料になるのか。わたしは不安を口にした。「でもこないだ、バイデン大統領とプーチン大統領の電話会談が、もの別れに終わったって……」

「ちゃんと外交努力が進展してるんだよ。世界のトップが知恵を絞って問題を解決しようとしてるのに、短絡的な結果に終わるはずがない」

どこにそんな根拠があるのか。電力会社の社員でしかない父にわかるのか。苦言を呈したくもなるが、苛立ちを父にぶつけたところでどうにもならない。女子高生であるわたしの知識も微妙だった。母は沈黙を守っている。父にしても家族を落ち着かせたい一心なのだろう。

父はカーラジオをつけた。英語の放送はないようだ。ウクライナ語で男性がぶつぶつと喋るのを、音量を絞った状態で流しつづける。言葉の内容はわからなくても、のっぴきならない事態の勃発は、声の調子で判明する。そう考えてのことにちがいない。

読経のように抑揚のない発声をきくうち、わたしはうとうとしだした。このところ夜もろくに眠れていない。ベッドに潜っても緊張で目が覚める。疲労が蓄積していた。いま身動きできないのは幸いかもしれない。眠る以外に選択肢がないからだ。

ときおり意識が戻った。目に映る光景は変わらなかった。夜の闇のなかに赤いテールランプの川が滞る。隣から梨央奈の寝息がきこえる。母も眠っているとわかる。父はひとりステアリングから手を放さず、根気強くクルマを徐行させていた。

また瞼が重くなり、さっきよりも深い眠りについた。なんらかの夢を見た。舞台は家か学校か、目覚めとともに忘れてしまった。なんとなく気分の悪さだけが残る。嫌な夢だったにちがいない。

かなり時間が経った感覚があった。わたしは身体を起こした。高速道路上でないことは一見してわかった。空は蒼《あお》みがかっている。渋滞の列はつづいているが、あきらかに一般道だった。ただし市街地とは風景が如実に異なる。視界がやたら開けていて、ほぼ雪原に近い眺めだ。街路樹もほとんどなく、代わりに街灯と標識が無数に立っている。

検問らしき場所に差しかかった。防寒着に身を固めた男性が声をかけてくる。父がサイドウィンドウを下げると、その声が明瞭になった。周りのクルマのエンジン音も車内に届く。冷風が吹きこんでくる。母が顔をあげた。梨央奈も起きたようだ。

父が片言のウクライナ語で応じる。家族四人のパスポートを差しだした。警備員らしき男性はパスポートを確認したのち、それらを父にかえしながら、前方を指さした。なにか大声で告げている。行き先を説明しているらしい。父が短く反復した。タクと男性がいった。そこだけはわたしにもききとれた。

デャークユと父が礼を口にした。男性はクルマから離れていき、次のクルマを手招きする。父はサイドウィンドウを閉じた。車内に静寂が戻る。三菱アウトランダーは一方通行の道路を前進していった。道の両側には汚れた雪が固まっている。案内板とともに分岐が増える。クルマはスムーズに流れだした。

母が父にきいた。「空港?」

「ああ」父が運転しながらうなずいた。「あれがターミナルか? ずいぶんちっぽけだな」

行く手に屋根の低い、横方向にばかり長い建物が、うっすらと浮かびあがっている。たしかに小さい。それに見るからに古びている。ボルィースピリ国際空港にくらべると、まるで地方空港ぐらいの規模だ。

ターミナルに近づいたものの、車寄せまでは到達できないらしい。いたるところに警備員が立ち、手でクルマを誘導する。アウトランダーも駐車場に入るよう指示された。しかも停める場所まで指定してくる。ディズニーランドの駐車場に似ている。不平はいえない。ほかのクルマのドライバーらも従っている。

父がクルマを所定の位置に滑りこませた。停車後エンジンを切る。安堵《あんど》のため息とともに父がつぶやいた。「着いた」

母は戸惑いをしめした。「会社から借りてるクルマでしょ？　置きっぱなしでいいの？」

「磯塚君がキエフのコンドミニアムにいて、現地の会社と最終調整をしてくれてる。ウクライナ人の社員が引き取りに来るよ」

梨央奈が父にたずねた。「磯塚さんは日本に帰らないの？」

「彼は明日の便を予約してる」父がドアを開けた。「忘れ物をするなよ。足もとまでちゃんと確認しろ。路面にも気をつけてな。凍ってて滑りやすい」

みなそれぞれにドアを開けた。わたしは車外に降り立った。風がひどく冷たい。重ね着していても寒さが染みいってくる。吐息がたちまち白い気体と化す。

辺りはやたら騒々しかった。キャスター付きのトランクを転がす音が、耳障りなノイズの合奏となり、辺りに響き渡る。隣のクルマから降車した西洋人たちも、いっせいにターミナルへと向かいだした。ここからターミナルまで二百メートルほどはあるだろうか。近くのワンボックスカーは、サイドドアを開いたまま、無人状態で放置されていた。

父がクルマのリアハッチを撥《は》ねあげる。次々とトランクが下ろされた。わたしは自分のトランクを確保した。たしかに足が滑りかける。トランクにしがみついても、キャスターが転がるため、まるで頼りにならない。ふらついていると梨央奈が笑った。わたしも笑いかえした。どんな目に遭おうと帰国できるのは喜ばしい。

「行くぞ」父がトランクをふたつ、両手に転がしながら歩きだした。

母と梨央奈、わたしはそれぞれ一個ずつのトランクだった。凹凸の激しい、補修だらけのアスファルトやコンクリートの上に、うっすら氷が張っている。そんな路面を足ばやに進んだ。ゆっくり歩こうにも、駐車場の出口から歩道に入った辺りから、人の流れが急速になった。周りで転ぶ姿も見かける。休日の混雑するアイススケートリンクに似た状態だった。前後左右に少しでも間隔を得るため、絶えず歩を速めざるをえない。将棋倒しに巻きこまれるわけにはいかない。

ターミナルに近づいてみると、綺麗なネオンが灯っていた。KYIVの文字が光る。遠目にはわからなかったが、エントランス側はガラス張りで、わりと近代的な構造に見える。しかしさらに距離が詰まると、窓枠が相応に古びているとわかる。

ターミナルのエントランスに迫った。混みぐあいはまるで祭のごとく、狂乱と呼べる域に達した。大柄な外国人たちが、身体ごとぶつかってきて進路を拓こうとする。誰もが遠慮なく前に割りこんでくる。

父の怒鳴り声がきこえた。「スリに気をつけろ！」

わたしは財布をダウンジャケットのポケットにいれ、ジッパーを閉じていた。それでも安心できない。ジャケットの上から財布をしっかりとつかんだ。

狭くなった入口に到達する。押し合いへし合いの大騒ぎだった。日本人ばかりなら、こんなカオスはありえないだろう。いまはちがう。周りは外国人だらけだ。みなマスクをしていない。アジア系の顔は少なからず見かけたが、国籍は不明だった。四方八方から容赦なく圧迫される。わたしは梨央奈と離れないよう、必死で手をつなぎあっていた。

やっとのことでターミナル内のロビーに足を踏みいれた。密集していた群衆が、解き放たれたように方々《ほうぼう》に散っていく。それでもなお混雑していた。ロビーはあらゆる人種の旅客でごったがえしている。両親は近くにいた。一家四人は離ればなれにならずに済んでいる。

床はひどく滑りやすい。みな靴底が濡れているうえ、ロビーはタイル張りだった。摩擦がほとんど生じず、体勢を崩しかけると踏みとどまれない。外を歩いていたときよりも、転倒の危険が増したようだ。

武装した兵士がそこかしこに立っていた。ストラップに吊ったアサルトライフルを手にしている。銃口を逸《そ》らしているものの、鋭い視線を周囲に向けつづける。なんとも物騒だった。

ベンチはすべて埋まっているうえ、とりあえず立ちどまれる支柱のわきですら、一か所も空いていない始末だった。ロビー内は狭苦しく、空間的な余裕がない。入国時に利用したボルィースピリ国際空港は、わたしにとってグアムの空港より立派で喜べたが、ここはそのグアムと同レベルに思える。

吹き抜けを見上げると、ガラス張りの二階が目に入った。そちらは空いているようだ。到着ロビーかもしれない。いま入国しようとする旅客はごく少ないだろう。

わたしは背伸びしてみた。売店の発光看板が見える。この時間から軽食の店も営業しているようだ。もっともそれらには大勢の人々が詰めかけている。とても近づく気にはなれない。

柱や壁の近くには、依然として空きスペースが見つからない。父は仕方なさそうに、なにもないフロアの真んなかで立ちどまった。四人ぶんのパスポートのほか、プリントアウトした書類をとりだす。「搭乗手続きをしないと。これとこれは持ってたほうが……」

母が自分のパスポートを受けとり、ハンドバッグにしまおうとする。

ところがそのとき、浅黒い顔の男が駆けてきて、ハンドバッグをひったくった。男は疾風のごとく走り抜け、たちまち遠ざかっていった。紺色のダウンジャケットの背が、人混みのなかに消えていく。

あまりに突然の事態だったため、一瞬はなにが起きたかわからなかった。わたしは茫然《ぼうぜん》とその場に立ち尽くしていた。

父が目を剝《む》き、大声で怒鳴った。「泥棒だ！」

ここまで激昂した父の表情を見るのは初めてだった。猛然と駆けだした父が、群衆を掻き分けながら男を追いかける。一帯はにわかに喧噪に包まれた。人々が左右に身を退かせる。ふたたび男の後ろ姿が視認できた。人に衝突してもかまわず突き飛ばし、さらに逃走を図っている。

だが男はふいに足を滑らせ、全身を床に叩きつけた。ハンドバッグが男の手を離れて飛び、中身が床にぶちまけられた。パスポートや財布、化粧品、小物類が散らばった。

男は起きあがろうとしたが、滑りやすいせいか、またもつんのめった。それでもなんとか立ちあがり、なおも転倒を繰りかえしつつ、慌てふためきながら逃げていった。散乱したハンドバッグの中身に人々が群がろうとする。父はわめきながら駆け寄った。「触るな！　おい、それを拾うな！」

初老の白人男性がハンドバッグに手を伸ばした。わたしの見たところ、男性は親切心で拾おうとしているように思えた。しかし父はその男性をも泥棒とみなしたのか、嚙《か》みつかんばかりに怒鳴り散らした。男性が眉《まゆ》をひそめつつ退いた。父はなおも男性を睨《にら》みつけ、床に両膝《ひざ》をつくと、落ちた物を掻き集めだした。

周りの人々がなにか喋りながら立ち去った。悪態、嘲笑《ちょうしょう》、捨て台詞。いずれともとれる反応だった。言葉がわからないため、本当のところは知るすべもない。

母が当惑の色とともに、父のもとに歩み寄った。「ごめんなさい。でもいまの人、拾ってくれようとしただけかも……」

父は拾った物をハンドバッグに戻し、立ちあがるや母に押しつけた。「しっかり持ってろ！　なくしたらどうするんだ。こんなところでハンドバッグ開けるなんて気が緩んでるぞ！」

すると母も憤りをしめした。「パスポートを渡してきたのはそっちでしょ！」

「周りに気をつけろといってるんだ」

梨央奈が泣きそうな顔でうったえた。「やめてよ。お父さん。みんな見てるでしょ。お母さんは悪くない」

父が苦虫を噛み潰《つぶ》したような顔で黙りこくった。たしかに行き交う人々がこちらに視線を向けていた。むっとして父が歩きだした。

無表情の母が声をかけた。「搭乗手続き、あっちでしょ」

わかっている、そういわんばかりの態度で、父が進行方向を変えた。

わたしと梨央奈は両親につづいた。頭上の発光看板のウクライナ語には、小さく英語が添えられていた。緑色の文字でCheck-inと記してある。矢印のしめすほうは途方もなく混みあっていた。

混雑のなかを進んでいくと、真正面の丸柱の手前に、臨時に設けられたとおぼしき窓口があった。正式な搭乗手続きカウンターとはあきらかにちがう。ベニヤ板を組みあわせただけの粗雑な造りのブースだった。そこに旅客が十人ほど列をなしている。

父は近くの警備員と言葉を交わし、その列の最後尾に並んだ。

列はじりじりと進んでいった。周りの旅客は列に加わらず、先にあるらしい搭乗手続きカウンターへと向かっている。わたしはじれったく思った。ここでなにをしているのだろう。手続きの段取りはよくわからない。会話もままならない以上、両親にまかせておくよりほかにない。

臨時の窓口には制服の職員が座っていた。父がパスポートを差しだし、職員が受けとる。書類については、まだいらないと手振りでしめした。パスポートをひとつずつ開き、こちらを仰ぎ見る。マスクを外すよう、やはりゼスチャーで伝えてくる。わたしたちはそれにしたがった。

職員はパスポートをスキャナーに伏せた。ふたたびひとりあげ、写真と一家の顔を丹念に見比べる。やがて納得したらしく、四冊のパスポートを重ね、父に返却した。搭乗手続きがおこなわれたようには見えなかった。職員がわきにいた警備員に目を向ける。警備員は後ずさりながら、ついてくるようにと手招きした。

マスクをし直した四人は、警備員につづき歩きだした。角を折れ、搭乗手続きカウンターに向かう通路から外れた。左右はシャッターが下りている。ひとけがないと思いきや、もういちど角を折れると、その先にはまた人の列ができていた。警備員は最後尾を指さし、さっさと立ち去っていった。

母が父にきいた。「ここで検疫？」

「ああ」父がぶっきらぼうに応じた。

日本語がよくきこえてくる。周りに日本人が多いようだ。子連れの家族もいる。わたしは日本語補習授業校の面々を探したが、いまのところ見あたらなかった。

列が徐々に進んでいく。前方には防護服を着た職員らがいる。それぞれに質問票が渡された。英語の表記だった。母の助言を受けながら記入した。サーモグラフィーのカメラに顔を向けるようにいわれる。発熱の有無をチェックされた。

ふいに梨央奈だけ列から外された。母が英語で防護服にたずねる。防護服は手を振り、梨央奈を指さすと、なにか返事をした。母はそれ以上抗議しなかった。梨央奈も遠ざけられることはなく、ただ列のわきに待機させられている。

ひとりずつ綿棒を口内に挿入され、検体を採取される。何度受けても、これっきりにしてほしいと感じる。わたしは梨央奈を振りかえった。梨央奈も少し離れた場所で検体採取を受けている。

それが終わると防護服のひとりが、一家四人を別の場所にいざなった。幅の広い通路内が、仮設のパーティションにより、無数の小さなブースに仕切られている。そんな小部屋のひとつで待機するよう指示されたらしい。父母がカーテンを割った。狭い空間に四脚の椅子がある。トランク五つを収めると、ブース内にはほとんど余裕がなくなった。

梨央奈が弱々しい声できいた。「みんなこんなふうなの?」

母が父を一瞥した。父は視線を落としていた。誰も喋らなかった。

しばし時間が過ぎた。わたしはトイレに行くためブースをでたが、すぐ外に防護服が立っていて、案内がてらついてきた。消灯した薄暗い一角にトイレの出入口があった。近辺には誰もいない。

わたしがブースに戻ったのち、両親や梨央奈もトイレに向かおうとした。防護服がなにか喋った。ひとりずつだと告げたようだ。まず梨央奈がトイレに行き、ほどなく帰ってきた。次いで母。それから父の順だった。常に防護服が付き添った。

ふたたびブース内に一家四人が揃った。わたしは両親にきいた。「いまなにをやってるの?」

父が唸った。「まだわからない。じきに連絡がくる」

スマホを操作してみたが、ネットにはつながらない。わたしは父を見つめた。「そういえばこのスマホ、かえさなきゃ」

「空港内に返却する場所がある。でもな」父がため息をつき、前のめりに姿勢を変えた。「搭乗手続きも済ませられてない」

もう一時間以上が経過していた。このまま搭乗手続きをおこなわなければ、席を予約した意味がなくなるのでは。わたしは不安を募らせた。

靴音が近づいてきた。防護服がクリップボードを手に顔をのぞかせた。英語で話しかけてくる。母が立ちあがった。ぼそぼそと言葉を交わした。会話のなかで母がイソヅカといった。防護服はファーストネームをたずねたらしい。母は父を振りかえった。父がショウゴと答えた。あらためて母がショウゴ・イソヅカと告げる。

防護服はクリップボードにペンを走らせたのち、梨央奈を見下ろし、なにか早口にいった。

梨央奈が怯える反応をしめした。だが母は梨央奈に手を差し伸べた。

「一緒に行こ」母が梨央奈にささやいた。

びくつきながらも梨央奈が腰を浮かせた。心細げなまなざしがわたしをとらえる。わたしはただ見かえすしかなかった。

母と梨央奈が手をつなぎ、防護服とともに遠ざかっていった。

わたしは父を見つめた。「どうしたの?」

「陽性の疑いがあるそうだ」父が虚ろな目で応じた。「梨央奈に」

「まさか」わたしは心底驚いた。「咳《せき》ひとつしてなかったのに」

「いま医師の検査を受けに行ってる。お母さんは付き添いだ」

磯塚の名を告げたのは、同居人か接触者について質問されたからだろう。むろん一緒に住んでいた家族は濃厚接触者とみなされる。

嫌な予感に揺さぶられる。わたしは震える声でたずねた。「陽性が確定したらどうなるの？」

「飛行機には乗れないといってる」父が重く低いつぶやきを漏らした。「隔離されるかもな」

11

隔離はされなかった。ただ空港から追いだされた。即刻退去と帰宅を命じられただけに終わった。

キエフにあるコンドミニアムはもう使用できないと、現地の会社から父に連絡があったらしい。宿泊施設の利用も禁止されていた。一家四人はまた三菱アウトランダーに乗った。恐ろしく混みあう下りの高速道路を経て、ふたたびブチャに引きかえすしかなかった。

道沿いの雪原には、兵員輸送車がいたるところに停まり、兵士たちが一帯に展開していた。アサルトライフルを手に駆けていく兵士の群れがある。別の種類の車両も多く目にした。兵員輸送車とちがい、上部に乗員のためのスペースがなく、天井まで装甲板に覆い尽くされた車体だ。円筒が前方と側面に数本突きだしていた。まさか砲身だろうか。いかにも戦車という形状をした、キャタピラー装甲の車両とはちがう。

疲弊しきってはいたが眠くはならない。神経の昂ぶりを自覚するものの、全身がだるかった。乗車姿勢が崩れても、それを正すことさえおっくうだった。コロナの症状を疑ったが、それより精神状態に歪《ゆが》みが生じているようだ。高架下を通るとき、頭上に崩れ落ちてくるのではと、異常な妄想による不安感が募る。まともな感覚でないとみずから知りながら、どうすることもできなかった。

休憩施設に寄ることもできない。公衆トイレを使ってよいものかどうかわからない。おそらく駄目なのだろう。なにもない道端で済ませるしかなかった。買いこんでおいたアルコール除菌シートが重宝した。

ふたたび走りだす。どこかの小さな集落を抜けた。一家はまだマスクをしていたが、車外に見える人々は誰もしていない。マスクが手放せないばかりか、もう誰とも接触できない。

午後には睡魔が襲い、いつしか車内でまどろみだした。それでもわずかな振動を機に、繰りかえし目が覚めてしまう。陽が徐々に傾いていき、ついには暗くなった。また赤いテールランプが果てしなく流れる。日没を迎え、完全に夜になった。ようやく道が空きだし、クルマの速度があがっていった。

ブチャ市内にはなぜか兵員輸送車をほとんど見かけない。ほかの地域に移動したのかもしれない。アウトランダーが家に着いたのは深夜だった。

退去のため綺麗に片づけた家に、また舞い戻ってきている。その虚しさを痛感した。梨央奈は部屋に籠《こ》もりきりになった。泣き声が漏れきこえてくる。わたしも自室にいたが、階下から大人たちの怒鳴りあう声が耳に届いた。激しい口論は両親だけによるものではない。磯塚も加わっている。ウクライナを発てなくなったからだろう、磯塚が抗議に飛びこんできたようだ。温厚に思えた磯塚が、いまは辛辣《しんらつ》な言葉をまくしたてていた。

誰にも風邪の症状は見あたらない。発熱が認められたのは梨央奈だけらしいが、咳すらきこえない。母によれば、人との接触を断つようにいわれただけで、病院に行く指示はなかったという。翌日以降、どこかから電話がある、それだけ伝えられたようだ。

本当に電話などかかってくるだろうか。そんな状況ではないようにも思える。バスルームで身綺麗にしたわたしが、リビングルームに戻ると、母がテレビを観ながら父にささやいていた。サイバー攻撃だって。大手銀行のサイトにもつながらないの。

かなり時間が過ぎた。磯塚が隣の家に引き揚げていき、階下は静かになった。わたしは不安を抱えながらベッドに横たわった。窓を叩く風の音が怖い。シーツを頭からかぶった。寝つけなくても眠るしかない。

早朝にも一階から話し声がきこえた。わたしはベッドを抜けだした。忘れずマスクをする。家のなかでも自室をでるときには、そうするきまりになっていた。そっとドアを開ける。

両親の声はふたりとも嗄《か》れていた。怒鳴らなくなった代わりに、刺々しい言葉の応酬があった。テレビのニュースの解釈をめぐり対立している。父はロシア軍が撤退したと主張していた。より英語のわかる母は、その報道はさっき否定されたと反論する。

母は語気を強めた。「プーチンはロシア人が虐殺されたっていってるんでしょ？　でもアメリカは、ロシアがウクライナに戦争をふっかけるための口実だって……」

わたしはうんざりしてドアを閉じた。そんなことよりコロナの陽性反応はどうなのだろう。オミクロン株になってから感染が広まっているが、重篤化はしづらいともきく。きょうからどうすればいいのか。いつになったら日本に帰れるのか。

口論はきこえなくなり、階段を上ってくる足音を耳にした。両親もようやくベッドに入るらしい。事情のよくわからない国で孤立状態、真偽がさだかでないニュースを頼りに、ああでもないこうでもないと議論するだけ。この先どうなるのか、大人たちにもまったくわかっていない。

咳がでた。悪寒をおぼえる。まさか発症したのだろうか。わたしはあわててベッドに潜り、シーツにくるまった。

日本では何度も、台風が直撃すると報じられては、不安を抱えながら床《とこ》についた。しばし暴風雨の音に怯えるものの、やがて一転して静けさに包まれる。思ったほどの被害を受けずに済んだと悟る。なにもせずにいるうち危機が回避される。そんな経験は頻繁にあった。震災ほどの深刻な事態はめったに生じない。いまもそうであってほしいと心から願った。

また眠りについた。ノックの音で目が覚めた。窓の外が明るくなっている。わたしは枕元のマスクを手にとり、鼻と口を覆ってから応じた。「どうぞ」

そろそろとドアが開いた。顔をのぞかせたのは母だった。やはりマスクをしている。充血した目が腫《は》れぼったい。化粧をしていないせいもあるだろうが、やつれた印象が漂う。寒さを感じているのか、毛布で身体を覆っていた。

「具合はどう？」母がきいた。

「べつになにも」

「そう。お母さんも特には……」

「梨央奈は？」わたしは母に問いかけた。

「寝てる。でもそんなに悪いようには見えない。症状がでないこともあるから」

「なのに隔離されなきゃいけないの？」

「さっき電話があってね。外出するなっていわれた。うちだけじゃなく磯塚さんも。症状なしでも一定期間はようすをみないとって」

「空港に行けないの？」

母が憂いの色を深めた。「日本の外務省が臨時便をだしてくれるって話もあるけど、空港に立ち入れない。例外は認められないって。どうしようもない」

「大使館とかは？　電話した？」

「なかなか電話がつながらない。でも地域の指示のほうが優先されるらしいの。外出しちゃいけないってんだから、家からはでられない」

「だけど……。食事はどうするの？　帰国する予定だったから、ぜんぶ食べきっちゃったでしょ」

「あちこち電話して、事情を話したら、段ボール箱で食料を送ってもらえることになった」

「いつ?」

「さあ……」母は立ち去る素振りをしめした。「なるべく休んでて」

「お母さん」

「なに?」

「無事に帰れる?」

「わかんないけど……。たぶんだいじょうぶでしょ」

なんの根拠もしめされないまま、静かにドアが閉じきった。廊下を歩き去る足音がする。わたしはまたひとりきりになった。

両親がどれだけ不安を感じているかは、昨晩の口論に表れていた。子供を安心させるひとことさえ、母は発言を迷った。それが母の偽らざる心境なのだろう。今後なにが起きるのか、両親にもわかるはずがない。

昼過ぎには起きた。わたしは窓の外を眺めた。人やクルマの往来が途絶えている。兵員輸送車の走行音もきこえてこない。

ほどなく黄色いワンボックスカーが家の前に停車した。つなぎ姿の男性が運転席から降り、荷台のドアを開ける。大きな段ボール箱を抱え、庭を歩いてきた。玄関ドアの前に箱を置き、さっさと立ち去っていく。

食料が届いたらしい。わたしはマスクをしてから部屋をでた。急ぎ階段を下りていく。

リビングルームに父母がいた。ふたりともマスクをしている。玄関のドアを開け、父が段ボール箱を運びこんだ。開梱《かいこん》したのち、中身をローテーブルに並べていく。レトルトのパックばかりだった。ほかにミネラルウォーターのボトルもあった。

母がそれらを少量ずつキッチンに運び、パックを水洗いする。「スープが多すぎない？」

父はなにも答えなかった。食品類をローテーブルに並べ終えると、段ボール箱を畳みにかかった。

テレビはつけっぱなしになっている。プーチンやバイデンが映った。ほかに政治家らしき人々の集う会議のようす。国連かもしれない。地図に切り替わった。あとはスタジオで厳めしい顔のキャスターが、解説者らしき人と話しあうばかりだ。英語が早口すぎて、なにをいっているのか理解できない。

わたしは夕方まで自室に籠もった。家族それぞれが下に食事を受けとりに行き、また自室に戻って食べる。そんな日課が確立されていった。キッチンで母と顔を合わせたとき、状況をたずねるのも常になった。

母は憂鬱な顔で応じた。「東のほうに住んでるロシア人が、みんな避難したって。パイプラインが爆発したとか……。近いうちロシア軍が攻めこんでくる兆候だって、バイデン大統領がいってる」

「それはニュースの話でしょ？　わたしたちは？」

「ああ……。大使館と電話がつながってね。外出可になったらまた連絡してくれって」

「外出可って、いつ？」

「隔離期間が終わったときでしょ。一週間とか十日とか。日数は通知されてない。この地域の認定基準があるんだと思う」

「でもさ……。わたしたち日本人じゃん。自分たちの基準で逃げちゃいけないの？」

「空港に入れてもらえないんだから、どうしようもないでしょ。お巡りさんに呼びとめられて、指示に従ってないことがばれたら、帰国がもっと先延ばしになっちゃうかも」

そんな状況は好ましくない。結局のところ外出可の判断が下るまで、悶々《もんもん》としながら自宅待機を守るしかないのか。

きょうは十八日だった。梨央奈とはずっと顔を合わせていない。母によれば梨央奈は、トイレのときぐらいしか起きだしてこないという。食事も母が梨央奈の部屋に運んでいた。咳はきこえないらしい。衰弱もみられないが、ベッドから起きようとしない、母はそういった。

固定電話はダイニングルームにある。わたしはおずおずと切りだした。「お母さん、あのさ……。いまのうちに日本に電話しときたいんだけど」

「誰に？」

「友達とか、従兄《いとこ》のなっちゃんに……。おじいちゃんも心配してるでしょ」

「おじいちゃんには連絡してある。メールも送っといたし」

「だけど……」

「勘弁して」母は洗いものを始めるべく流しに向き直った。「だいじな連絡がいつ入るか、まったくわからないでしょ。通話中じゃ受けられないし」

わたしは黙るしかなかった。もっともな話だ。たとえ真夜中でも緊急連絡を受けとれなくては困る。

やむをえず自室に戻ったものの、わたしはすることがなく途方に暮れた。スマホがネットにつながらない。ワイファイの不調ではなく、接続サービス自体が中断しているようだ。荷をほどき、読みかけの漫画を数冊とりだした。けれども読む気にはなれなかった。時間を無駄に浪費せず、勉強でもしておくべきだろうか。そんなに立派な心がけも持てない。このままでは太りそうだが、部屋のなかで筋トレをする意欲もない。

翌日の夕方、わたしは食事を受けとるため一階に下りていった。すると父が話しかけてきた。「琉唯、これを渡しとく。左がロシア兵で、右がウクライナ兵だ」

プリンターで印刷した紙だった。画像はネットからダウンロードしたのだろう。パソコンならネットにつながるのか。わたしは父を見つめた。「ネット見れるの?」

「……きのうまではな。きょうはつながらない。これは何日か前にダウンロードしといた。いいか。実際にこういう服装でいるとはかぎらないが、いちおうの目安に……」

母がつかつかと歩み寄ってきて、紙をひったくった。「やめてよ。こんな物」

「おい」父が目を怒らせた。「なにするんだ」

「これを知ったからってなんになるの」

「いざというとき生死を分けるかもしれないだろ。どっちに頼るべきかわかってれば」

「本気じゃないんでしょ」

「どういう意味だ」

「こういう状況を面白がってる。ほんとに切羽詰まった事態にはならないと思ってない？　いつもそうでしょ。防災グッズを買ってきては自慢げに披露して」

「俺がいつ自慢した？　家族を思ってのことだ」

「なら子供をいたずらに怖がらせないでよ！　梨央奈が嫌がってることに気づいてないの？」

「梨央奈にはまだこの話はしてない」

「これにかぎらず、いままでのいろんなことをいってんの！」

電子レンジが鳴った。わたしは温めたチキン・キーウを皿ごと手にとり、階段を上っていった。両親の口論はいったんフェードアウトしたものの、わたしが自室のドアを閉めるころには、ふたたび白熱しだしていた。ききたくない。悲しいし、ただ辛い。

二十二日、また夕方にわたしは一階に下りていった。父母は暗い顔でテレビの前に座っていた。

あの両親の口論以来、母がレトルトの調理をおこなうのをまたなくなった。わたしは自分で冷蔵庫から食品のパックを取りだし、皿の上にあけ、電子レンジで温めにかかった。

するとと父が呼んだ。「琉唯」

「なに?」わたしはリビングルームのソファに歩み寄った。

母が父を遮るかと思いきや、いまはなにもいわなかった。同じように浮かない表情を浮かべている。

父がいった。「どうも戦争が始まったみたいだ」

時間が静止したように思えた。わたしはたずねた。「ほんとに?」

「バイデン大統領はそういってる。ロシアがウクライナに攻めこんできたって」

わたしはテレビを観た。『アベンジャーズ』のホークアイを演じた俳優に似た人が映っている。ウクライナのゼレンスキー大統領だと前にきいた。

「……で?」わたしは問いかけた。「どうなるの?」

母は床を眺めていた。「明日で一週間でしょ。大使館の人が、明日また電話してくれるって。バスの予約がとれるかもしれないから」

「バス?」

「ここから空港に行くのはとても無理そう。でもこっちに臨時の長距離バスがまわってくるって。日本の外務省が手配したものじゃないけど、あちこちの市で外国人を拾って、ヨーロッパに向かうらしくて」

「明日にならないと予約とれないの？　もうとっちゃえばいいのに」

「いちおう待機一週間で、無症状だったと確認できれば、外出許可の見込みも立つって……。もしきょう症状が現れたら、自宅療養が始まっちゃうでしょ」

「もしそうなったら？」

父が深刻な面持ちでつぶやいた。「また電話で指示を仰がなきゃいけない。たぶんいままでと同じ毎日の繰りかえしだな」

発症に苦しみ、戦争が起きているのを知りながら、逃げることも許されないのか。そんな状況はまっぴらだった。わたしは思いのままを口にした。「バスで行けるなら、クルマで行っちゃえばいいのに」

「いろんなとこが封鎖されてる。大使館も状況を把握しきれていないから、一般車両じゃ責任を持てないといってる。バスなら警備がつくらしいし、越境も問題なくできるよう、事前に根まわししてくれるそうだ。それ以外じゃ国外脱出は保証できないとさ」

「……荷物はもうまとめてあるけど」

「ああ」父がうなずいた。「いつでもでられるようにしといてくれ。寝るときもパジャマや部屋着じゃだめだ。外出できる服装でいるべきだろう」

母がつぶやいた。「お金も用意しとかないと」

「金？」父が眉をひそめた。

「バスの乗車代」母が答えた。「無料じゃないから。それもドルだって」

「なんだそりゃ。外務省は肩代わりしてくれないのか」

「ない。大使館で退避費用の肩代わりはできないって、電話でも念を押された」

「ふだん税金を払ってるのに、地獄の沙汰も金次第か」

「やめてよ、そんな言い方」

父の愚痴はとまらなかった。「そもそも大使館なら、こっちから電話するまでもなく、日本人の安否を常に確認すべきだろ」

母がうんざりした面持ちになった。「在留届をだしてあれば気にかけてくれたでしょ」

わたしは胸騒ぎをおぼえた。「だしてないの？　なにか提出しなきゃいけない物を……」

「そうじゃなくて」母が説明した。「在留届を外務省に提出するのは、三か月以上滞在する人。お父さん以外はぎりぎり三か月未満だからだしてない。学校もそれでだいじょうぶっていわれた」

「だしてない場合は……どんなあつかいなの？」

「こんなあつかい。戦争が起きたら、自分で大使館に無事を知らせ、指示を仰ぐこと。そういう取り決めになってる」

「そんな。お父さんと一緒にいるのに、便宜を図ってもらえないの？」

「お父さんには会社を通じて指示があるって……。でもそれもろくに機能してないみたい」

　父が唸りながら頭を掻きむしった。「戦争ってのは突然勃発するんじゃなく、段階的に戦争状態になっていくから、焦らなくていいですよといわれた。情勢に応じ、外務省から退去指示がだされるんで、それにしたがってくださいって。そんな悠長なことで本当にいいのか」

　その日は祈る気持ちで過ごした。壁越しに両親や梨央奈の咳がきこえるたび、わたしは息を呑んだ。自分もときどき咳をした。暖房で空気が乾燥しているせいか。残り少なくなったミネラルウォーターを少しずつ飲んでしのいだ。

　二十三日になった。窓の外はとっくに明るい。わたしは防寒のために重ね着をし、リビングルームに下りていった。母は朝から日本大使館に電話していたが、やはりなかなかつながらないようだ。

　テレビは同じ映像を繰りかえし流している。ゼレンスキー大統領の演説だった。ソファに座る父が顔面蒼白《そうはく》になった。「ウクライナ全土で非常事態宣言がでた」

　母はじれったそうに電話をかけつづけた。「早くでてよ。早く」

　怖くてじっとしていられない。わたしは階段を駆け上り、また自室に戻った。窓から外を見る。いつもと変わらない風景があった。非常事態宣言と父はいった。本格的に戦争が始まるなら、やはり東の果てだろうか。まだ遠い世界の話だ。バスの予約がとれてほしい。いまのうちならなんの問題もないはずだ。

　夕方になって母から知らされた。大使館と連絡がついた。非常事態宣言下でもクルマはだせる。二十五日の金曜、ヴァスィリキーウ市を経由するバスがある。ブチャからヴァスィリキーウまでは南に六十キロほどだという。クルマで行き、バスに乗るのが最も手っ取り早い。

　二十五日。あと二日ここにいなければならないのか。ただしもう外出禁止ではない。明日には父がクルマをだし、買い物に行くという。ネットがつながらないため、情報収集の必要もあった。

　たぶん市内はなんら変わらない状況にあるだろう。食料不足が解消されるのは歓迎できる。もっとも本音では、クルマをだすならそのまま西へ行き、国境をめざしてしまえばいいのにと思う。けれどもすべては自己責任になる。国外脱出がままならなくなる、そんな可能性もあるときけば、その選択肢は消える。二日まてば警備つきのバスが来る。越境の手続きも大使館に連絡済み。スムーズにヨーロッパへと渡れる。もう少しの辛抱だった。

　眠れない一夜を過ごした。午前六時を過ぎた。まだ窓の外は明るくなっていない。ドアをノックする音がした。わたしが返事をすると、梨央奈が姿を現した。

「梨央奈」わたしは驚いた。「だいじょうぶなの？」

　セーターを着た梨央奈がうなずいた。血色もよさそうだった。ずっと食べて寝るだけの生活を送ったせいか、むしろ少しふっくらしていた。

　わたしは梨央奈を迎えいれた。「入って。梨央奈、お母さんから話をきいた？」

「きいた」梨央奈はベッドに腰かけた。「きょうは二十四日だから、明日だよね。長距離バスとかうんざり」

　思わず笑みがこぼれる。わたしは隣に座った。「でも今度こそ帰れるんだよ？　戦争が起きてるのは東の果てでしょ。こっちは西へ爆走。走れば走るほど安全に近づいていって、ついには脱出」

梨央奈もようやく微笑した。「お弁当ケーキ食べたい。マリトッツォは来る前に食べたけど、お弁当ケーキはまだ見たこともない」

「わたしは生搾りモンブランかなぁ」

「あー。オーダーが入ってから、モンブランを搾ってくれるんだっけ?」

「そう。麺《めん》みたいににゅるにゅるって」

「それ味が変わるの?」

「わかんないから食べてみたいんだって」

ふたりは笑いあった。ひさしぶりにこんな時間を過ごしている、そんな実感が湧いてきた。心はもう日本に帰っていた。

ところがそのとき、ふいに強烈な震動が突き上げてきた。

わたしは口をつぐんだ。梨央奈も静かになった。わずかに遅れ、轟音が響き渡った。

窓ガラスが小刻みに震え、ブザーに似た音を奏でる。

梨央奈が表情をこわばらせた。「なに……?」

またも縦揺れが襲った。今度のほうがさらに強かった。わたしはびくつき、思わず梨央奈と抱きあった。またも遠雷に似たノイズが家全体を揺るがす。

廊下を走ってくる足音があった。両親が血相を変え、部屋に飛びこんできた。

照明が明滅した。断続的に暗くなる。暖房が切れた。室内の温度が急激に低下していく。わたしはしがみつくも同然に梨央奈を抱きしめた。梨央奈の震えが伝わってくる。どこでなにが起きたのだろう。希望をみいだした矢先、なにかが解放を拒絶したかのようだ。

12

四人とも一階のリビングルームに下りていった。電気が戻った。テレビをつけるとプーチン大統領が演説していた。たどたどしい英語の同時通訳が重なる。

母が手を口にやり、悲痛な声を響かせた。「侵攻を開始するって……」

演説の映像は録画らしい。また最初から同じ内容が繰りかえされた。画面の下方には文字情報が流れている。リスニングに難がある父も、英文の読解には支障がないようだ。父は茫然とつぶやいた。「キエフ市内で爆発……。ハルキウやオデッサ、ドンバスでもだ。ミサイル攻撃の可能性ありだって……」

梨央奈がうろたえだした。「ミサイルが飛んでくるの?」

「落ち着け」父はそういいながらも、あきらかに取り乱していた。「ミサイルは、そのう、軍事基地を狙ってるんだ。こんななにもない片田舎には飛んでこない」

母はこわばった表情で父を見つめた。「ねえ。明日バスが寄るヴァスィリキーウ市って、空軍基地があるところじゃなかった?」

「……ああ、そうだ。というより基地があるところをバスは巡ってくるらしい。安全を重視してのことだろう」

「でも基地が真っ先に標的になってるんじゃない……?」

父が硬い顔でテレビに向き直った。「ヴァスィリキーウ、ヴァスィリキーウ……。いまのところ表示はないな。特に情報はない」

母はダイニングルームの固定電話に駆けていき、受話器をとりあげた。日本大使館に電話するのだろう。番号をプッシュし、しばらく耳にあてては、またやり直す。震える声で母がささやいた。「お願いよ。早くつながって」

わたしは脈拍が亢進《こうしん》するのを自覚した。立ちくらみをおぼえ、足もとがふらついた。手を差し伸べてくれたのは梨央奈だけだった。両親はわたしのようすに気づきもしない。

「おい」父が母を振りかえった。「これ、マーシャル・ローってあるよな？」

画面上部にMartial lawと大書され、小さな字で文章がつづいている。上下が文字情報のテロップに占拠され、狭くなった画面中央に、ゼレンスキーとプーチンが二分割で映っている。

母がテレビの前に戻ってきた。信じられないという顔でつぶやきを漏らした。「嘘でしょ。戒厳令……？」

極度の緊張に耐えられない。わたしはきいた。「なんなの？」

父が震える声で応じた。「非常事態宣言からもう一歩進んだ段階……。軍の統制下に置かれるとか、そういう状況じゃないのか。法律よりそっちが優先されるとか」

梨央奈は半泣きになっていた。「ねえ。明日バスに乗れるの？」

すると母が父に提言した。「きょうのうちにヴァスィリキーウ市をめざしたほうがよくない？」

「だけどな」父が当惑の色を浮かべた。「基地が本当に攻撃を受けてたらどうする？」

「なら西に向かう？　ひたすら西に走っていけばいい。戒厳令でも避難は禁止されてないんでしょ」

「バスに乗らずに越境できるかどうか……。途中で止められたらどうする？」

「行ってみなきゃわからないでしょ。クルマで行けるところまで行けばいい」

父はしばし考える素振りをしめしたが、ほどなく首を横に振った。「基地がある市だとか、高速道路とか幹線道路とか、狙われそうなところばかりだろ。こんなド田舎なら攻めこまれるとは思えない」

「ちょっと」母は不満をあらわにした。「このまま留まるつもり？」

「給油してないから、ガソリンの残りがわずかなんだよ。バスが来るヴァスィリキーウ市をめざすならともかく、闇雲に西に向かうぐらいなら、ここにいたほうが安全だといってるんだ」

「もう。ヴァスィリキーウ市に行くのも反対するし」

「頭ごなしに反対はしてない。ただ移動には慎重を期すべき……」

唐突に強烈な縦揺れに見舞われた。棚から雑多な物が次々に落下した。またも不快きわまりない震動が揺さぶってくる。一拍遅れの轟音も響き渡る。重低音が衝撃波のごとく、なおも家全体の揺れを増幅させる。

四人は固唾《かたず》を呑み、天井で揺れる電灯を眺めた。その揺れが小さくなってくると、自然に視線が下がった。両親の頼りなげで不安そうな顔がそこにあった。

しばらく両親はテレビの続報を観ていた。やがて母が、戒厳令は夜間外出禁止令をともなうみたい、そういった。夜間ということは、昼間なら外にでてもかまわない、そんなふうにも解釈できる。

ブチャの中心部のようすさえ、いまはわからない。父はいったんひとりでクルマをだし、給油をしてくるといいだした。母は猛反対した。まつほうの身にもなってよと涙ながらにうったえた。わたしも同感だった。

またも両親の議論が始まったが、今度はさほど長引かなかった。四人全員でクルマに乗ることにする。念のため荷物も載せるが、このまま家を離れるときめたわけではない。給油を完了することが第一目的だ。第二に市内の状況把握。遠出できると確信したら、むしろ家に引きかえし、準備万端整えてでなおす。そんな家族間の合意に至った。

重ね着にダウンジャケットを羽織り、トランクを転がしながら、玄関ドアをでた。薄日が射している。ひさしぶりに外気に触れた。頰に冷たい微風を感じる。もう積雪は残らず溶けきり、ただ湿った路面があるだけだった。

磯塚が住む隣の家は、ガレージのシャッターが上がったままになっている。クルマはない。生活音は昨晩まできこえていた気がするが、もうどこかに退避したのだろうか。周りの家に目を向けると、やはりクルマが消えている。

つくづく一週間の自宅待機が悔やまれる。馬鹿正直に指示にしたがう必要があったのかとさえ思う。けれどもこんなふうに、本当に侵攻が始まるとは、とても予想できなかった。コロナウイルスを不用意に広めずに済んだのは、あくまで正しい判断だった、そんなふうに考えるしかない。

一家四人がクルマに乗り、ゆっくりと走りだした。路上を往来するクルマはない。人も見かけない。ゴミが散乱している。家はどこも留守のようだ。いっさいひとけがない。

そう思ったとき、窓のなかに動きまわる人影が見えた。住民がクルマのエンジン音をききつけ、こちらを眺めているようだ。別の家の窓でも、閉じたカーテンがわずかに開いた。こうして巡ってみると、庭先に自家用車が停まったままの家も、少なからず目につくようになった。みな息を殺しながら宅内に潜んでいるのだろうか。

市の中心部へと近づく。やはり閑散としていた。道路の前後にクルマは走っていない。通行人はちらほらと見かけた。誰もが急ぎ足でどこかに向かっている。荷物は手にしていなかった。買い物してきたわけではなさそうだ。女性が家の玄関ドアに飛びこむのを見た。

一帯には薄気味悪いほどの静寂が漂っている。スーパーマーケットが閉店していた。

ショッピングモールも同様だった。マクドナルドも看板の明かりが消えている。さっき外出していた人々は、商業施設にでかけたものの、なにも買えずに帰宅したのかもしれない。

やがてガソリンスタンドが見えてきた。営業してはいなかった。出入口にロープが張られたうえ、立て看板が置いてある。近づいて読むまでもない、父はそういいたげに、ガソリンスタンドの前を通過した。

助手席の母が問いかけた。「どうするの?」

「家に帰る」父が物憂げに応じた。「燃料を無駄に消費できない」

「もうちょっと離れたところに別のガソリンスタンドが……」

「どこもおんなじだ。走りまわったぶんだけ、今後走れる距離が減る。なんにしてもヴァスィリキーウ市まで行くなんて無理だ」

「途中で給油できるところがあるかも」

「ないかもしれないよな。バスが予定どおり走るかどうかもわからない。いったん家に帰って、大使館に電話がつながるまで頑張ったほうがいい」

「家に戻るほうが燃料の浪費じゃない?」

「俺はそうは思わん」

また険悪な空気が充満しつつある。クルマは来た道を引きかえした。すれちがう車両は一台もない。兵員輸送車すら見かけない。ヘリの音もきこえない。異様なほど静まりかえっていた。あたかもゴーストタウンの様相を呈している。

家の前に戻った。隣に似たようなSUVが停まっていた。磯塚が運転席から降り立った。こちらに顔を向けている。ちょうど戻ったところらしい。

梨央奈が声をあげた。「磯塚さんだ」

三菱アウトランダーは横に並ぶように停車した。エンジンを切り、父が車外にでた。多少気まずそうにしながらも、父が磯塚に話しかける。母も降車した。わたしと梨央奈も両親に倣った。

磯塚は特に怒りを引きずっているようすもない。ただあきらめぎみに答えた。「E373号線の入口付近まで行ったんです。でもバリケードが築かれてて、兵士に戻るよういわれました」

「高速道路に乗れないのか」父が唸った。「避難できないなんて理不尽だよな」

「ええ。しかも途中のガソリンスタンドがぜんぶ閉まってました。おかげでもう遠出はできません」磯塚はドアを開け、なかから紙をとりだした。「兵士がこれをくれました。外国人が対象のようです」

父が紙を受けとった。市街地らしき地図が載っている。文面は英語だった。ざっと目を通し、父が顔をあげた。「二十八日の朝七時。市役所前？」

磯塚がうなずいた。「避難に遅れた外国人を拾って、キエフ州の西に連れて行ってくれるそうです。軍のトラックかなにかで」

「西ってどの辺りだ？」

「さあ。事態が流動的なのでわからないといってました。国境までは到底行けないそうです」

「そっか。市役所までなら、残りの燃料でもなんとか走れそうだ」

「僕もです」

父がため息をつき、母を振りかえった。「二十八日。あと四日だ」

母は表情を曇らせた。「四日だなんて、食料は？　お店はどこも開いてなかったし」

磯塚がいった。「よければうちに缶詰などの買い置きがあるので……。みんなで少しずつ食べれば、四日はもつでしょう」

わたしは母とともに礼を口にした。父や梨央奈も同様だった。一家四人がそれぞれ心からの感謝を伝えた。こんなにありがたい申し出はほかにない。

梨央奈がためらいがちに磯塚に歩み寄った。「磯塚さん。ごめんなさい……」

「コロナのことかい？　気にしてないよ」磯塚は穏やかに応じた。父に向き直り磯塚がささやいた。「食料はあとで持っていきます」

父が頭をさげた。「本当にありがとう。迷惑をかけどおしで、本当にすまない……」

いきなり地面が揺れた。遠雷のような轟音が周辺に反響する。

大人たちが不安げな顔を見合わせた。わたしも鳥肌が立つのを感じた。早くなかへ、磯塚がそううながした。わたしは梨央奈の手を引きながら玄関ドアに走った。母が急ぎ鍵を開ける。

暗いリビングルームに戻った。ほのかに部屋のなかに残るにおいに、わたしは吐き気をおぼえた。また舞い戻ってしまった。どうあってもここからでられない気がする。

13

憂鬱な暮らしが再開した。停電と断水になっていないことだけは幸いだった。断続的に襲う揺れと轟音が、嫌でも震災の余震を思いださせる。だがこれは人災そのものだ。その事実に怒りがこみあげてくる。頻度が徐々に増していき、震動も強くなってきている。戦火の広がりを意味するのか。

不安な日没を迎えた。夜のニュースではウクライナの報道官ばかりが映っていた。父によると、ロシア軍がチェルノブイリ発電所を占領したらしい。発電所周辺のチェルノブイリとプリピャチは、事故後ゴーストタウンになっているが、そこで激しい戦闘があったようだ。父が以前ツアーで訪ねたのも、そのゴーストタウンだという。

わたしは慄然《りつぜん》とした。発電所はキエフからバスで日帰りツアーができる距離にある。そんなところまでロシア軍が迫ってきたのか。

キエフ市長が正式に夜間外出禁止令をだしたとも報じられた。これでもう夜は身動きがとれなくなった。日没後は極力消灯が奨励されるらしい。早めにベッドに入るしかなかった。震動と轟音はひっきりなしに襲うが、かまってはいられない。

ベッドに潜ったまま、ほとんど眠れず悶々と過ごした。早朝を迎えたころ、いっそう大きな縦揺れが突き上げてきた。耳もとで大太鼓を打ち鳴らされたも同然の、きいたこともないほどの重低音が轟く。わたしはあわてて跳ね起きた。まだ窓の外は暗い。電波の入らないスマホは、すっかり時計がわりになっていた。午前四時すぎだった。

わたしは一階に下りていった。消灯したリビングルームに、テレビだけがついている。暗い室内が画面の発光に照らしだされ、明滅しながらしきりに色を変えつづける。父がソファに座っていた。いつものようにニュースを注視している。

「お父さん」わたしは声をかけた。

「ああ、琉唯」父が陰鬱な面持ちで応じた。「十八歳から六十歳までの男は、国外への避難が禁止だってさ」

「えっ。お父さんはたしか五十一……」

「ウクライナ人の男だよ。軍の総動員令ってやつだ。お父さんは問題ない」父がテレビ画面を見つめながら、はっとする反応をしめした。「まて。キエフ市内にミサイル着弾? 民家に戦闘機が墜落炎上……」

ふいに部屋が暗くなった。音声もやんだ。一瞬はなにが起きたかわからなかった。停電だろうか。だが画面が暗転しただけで、テレビの電源は入っている。画面に小さくウクライナ語が表示されていた。父がリモコンのチャンネルを替えた。どのチャンネルも同じく、ウクライナ語の一文のみだった。じれったそうに腰を浮かせ、父がテレビの背面をいじりだした。

やがて父は深くため息をつき、ソファに身を沈めた。「壊れてないな。電波を受信してないんだ」

「それって……」

「テレビ放送が途絶えた」

わたしは耳を疑った。テレビまで観られなくなった。ウクライナ語の表示は放送局によるものではなく、なにも受信していないことをしめす、テレビの機能だとわかった。このまま復旧しなければ、外からの情報はいっさい入らない。

母と梨央奈も起きだしてきた。映らないテレビをしばし囲んだのち、缶詰の中身を少量ずつ皿にとり、順に電子レンジで温めた。それらを手に二階の自室へと戻っていった。

震災では一階より二階のほうが安全といわれた。倒壊した場合、二階のほうが潰れきらず隙間が残る、そんな可能性が高いらしい。戦争の場合はどうなのだろう。誰がいいだすでもなく、みな二階に籠もったが、それは本当に正しい判断なのか。

ときおり一階に下りては、いまだ映りもしないテレビに肩を落とす。トイレの水洗が流れるかどうか、はらはらさせられては安堵する。震動と轟音に恐怖をおぼえ、また急ぎ二階に駆け上る。その繰りかえしだった。

昼過ぎに磯塚が訪ねてきた。階下で父と話していたが、わたしは二階に留まった。ほどなく玄関ドアが開閉する音がした。磯塚が立ち去ったらしい。階段を上ってきた父に、なんの用件だったのかをきいた。

さっき一瞬だけインターネットがつながったようだ。磯塚がニュースサイトを閲覧できたという。北東のスームィという都市をロシア軍が攻めたが、ウクライナ軍の反撃により撤退した。しかし南方ザポリージャ州の中心部、メリトーポリなる都市は陥落し、ロシアの支配下に置かれてしまった。磯塚が読めた記事はそれだけらしい。政府広報の広告バナーをクリックすると、火炎瓶の作り方のページが開いたともいった。

わたしはぞっとする寒気を感じた。ウクライナ政府は民間人に徹底抗戦を呼びかけているのか。ロシア軍も軍事施設だけでなく、ごくふつうの市街地を蹂躙《じゅうりん》しているのだろうか。

父は母に知らせようとドアをノックした。なにもききたくない、母の声がドア越しにそう応じた。父は黙って自室に戻っていった。わたしもそうするしかなかった。

暴風雨を凌《しの》ぐときに似ている。自分ではなにもできず、ただ部屋に籠もるのみ。けれども嵐の場合、たいていスマホだけは使えた。ネットで動画を観ていれば、かなりの時間を消化できた。パケット通信量が限界に達し、動画が遅くなったら、SNSをひとまわりすればいい。そのうち無料のウェブ漫画が見つかり、読みふけっているうちに、窓の外が静かになってきたと気づく。カーテンを開け放ち、台風一過の青空、雨あがりの虹を目にする。

いまはそんな状況は望めない。悪夢から覚めるのをまつしかない。小学生のころ読んだ『アンネの日記』がしきりと脳裏をよぎる。読後はどんよりとした気分におちいった。読まなければよかったと心底思った。遠いむかし、外国のできごとでしかないと気を紛らわせた。ところがいまわたし自身が、同じような事態に怯えている。

不安きわまりない日没を迎えた。外が暗くなると、震動はぴたりとやんだ。ときおり遠くに轟音が響くものの、揺れは微震と同等に小さくなった。

静寂が保たれるうち、わたしは浅い眠りにつきだした。いままで気を張っていたぶん、疲れが表出したとわかる。ここ数日では最長の睡眠時間かもしれなかった。ぼんやりと意識が戻ったとき、窓の外は明るくなっていた。

二十六日。あと二日。きょうも最小限の食料で凌ぎながら、部屋に籠もって過ごすしかない。考えてみれば幸いかもしれない。コロナウイルスに感染する可能性は皆無だった。先の見えない自宅待機をつづけていたころより、いまは希望を持てる。ただ静かにじっとしていればいい。時間は自然に過ぎていく。

心に余裕が生じてきたのは、昨晩に引きつづき、きょうも震動が起きないからだ。家の周りはいたって静かだった。一階の窓から外をのぞくと、近所のウクライナ人宅にクルマが戻ってきていた。テレビはあいかわらず復旧しないが、ひょっとしたら地域からロシア軍が撤退したのかもしれない。わたしはすなおに喜びを感じた。あさっての朝まで脅威が遠ざかっていてほしい。バスに乗り、この地をあとにする、旅立ちの瞬間が刻一刻と迫っている。

自室で生ぬるい豆スープをすすりながら、わたしは高校のことを考えた。ウクライナに留学したわたしのことを、友達は心配しているだろうか。担任の先生は状況を把握済みなのか。日本語補習授業校から連絡がいったはずだが、その後詳しい情報を得る機会はあったのか。親戚《しんせき》はどうしているのだろう。

コロナ禍のせいで去年末まで人間関係が希薄だった。干渉し合わない生き方がふつうになっていた。それが短期留学を選んだ理由でもあった。みなわたしのことなど意識に上るだろうか。それぞれの毎日を送るだけでも大変にちがいないのに。

ふと寂しさを感じた。また陽が沈む時間を迎える。明かりをつけられないがゆえ、早めにベッドに潜る。静けさのなか、わたしはいままで以上の落ち着きを自覚した。辛抱が実った。明日一日だけ耐え忍べばいい。もう希望は目前に迫っている。

翌二十七日はなんとなく、朝から平穏な時間が流れていた。緊張が去ったわけではない。それでも嬉しさに似た心の昂揚がある。朝食を一緒にとろうと父がいいだした。これだけの期間、みなひとりずつ自主隔離状態で過ごしたのだから、家庭内感染の心配などありえない。

ひさしぶりに四人でテーブルを囲んだ。明朝早くにはもうでかけるんだし、母はそういって、食事を多めに準備した。磯塚から譲ってもらった缶詰のなかでも、とっておきの一缶、ソリャンカという濃厚なスープが振る舞われた。今晩の食卓には温存してあったソーセージもでるという。軽いお祝いのような雰囲気が漂っていた。

リビングルームには依然として映らないテレビがある。ウクライナ語の一文だけが表示されている。しかしわたしは半ば気にも留めなくなっていた。両親や梨央奈も同様だろう。もう国全体を取り巻く複雑な事情など関係ない。すべては明日にある。あとひと晩明かせば、いままでの苦労が報われる。

気をよくしたからか、父は荷物のなかからハードカバー本をとりだし、読書するといって二階に上っていった。母も食器を洗いながら、洗濯しなきゃね、そんなふうにつぶやいた。これまでの怯えきった日々が嘘のように平穏な時間が流れている。

梨央奈も上機嫌に笑顔をのぞかせた。「きょう最後だし、散歩してきていい?」

母が苦笑しつつ、布製のランドリーバスケットを運びだした。「だめ。明日まで我慢して」

リビングルームにたたずむ梨央奈が、ふくれっ面を向けたものの、母は気づかないようすで奥にひっこんでいった。洗濯機に電源が入る、短い電子音がきこえた。梨央奈がわたしを見た。わたしは妹に笑いかけてから、階段を上りだした。

するとドアの開閉音がした。わたしは階段の途中で振りかえった。リビングルームから梨央奈が姿を消している。

わたしはあわてながら駆け下りた。「梨央奈！」

家族はみないつでも外出できるよう、中綿ジャケットを羽織り、スニーカーを履いていた。わたしも梨央奈もそうだった。そのまま玄関ドアをでるのに差し障りはない。けれども梨央奈がいきなり飛びだすとは思わなかった。

のちに第三者が梨央奈の行動を知れば、ありえないと考えるにちがいない。戦火を恐れていながら、女子中学生がひとりで外出するはずがない、誰もがそんな感想を持つだろう。この場で同じ経験をしなければわからないとわたしは思った。閉塞《へいそく》が長くつづきすぎた。しかも平穏な日常が戻ってきている。きのうもきょうも付近はずっと静かだ。クルマ一台通りかからない。ここを去るのも明日に迫った。梨央奈が長いこと、コロナによる一家隔離の責任を感じていたのはあきらかだ。いまは解放感がある。誰かと会う可能性がないのは、むしろ気楽でしかない。せっかく滞在した街の風景を、最後に飽きるほど眺めたい。自撮りをコレクションしておきたい。梨央奈はそんなふうに願ったのだろう。この気持ちは、常識人の大人たちにはわからない。

姉のわたしには梨央奈の心情が理解できた。とはいえ共感も賛成もしない。本当に外にでるなど論外だ。連れ戻さねばならない。わたしは玄関ドアに駆け寄った。「お母さん。梨央奈が」

洗濯機の前にいるだろう母に、声が届いたかどうかは怪しい。返事をまってはいられなかった。急いでマスクをすると、ドアを開け放ち、わたしは外に飛びだした。

「梨央奈！」

14

わたしは辺りを見まわした。上空を雲が覆い、薄日が辺りを照らしている。顔に感じる風は冷たいものの、一月ほどではなかった。街なかに雪も残っていない。家の前には三菱アウトランダー、隣にもフォルムの似た外車のSUVが駐車していた。磯塚が家を離れていないとわかる。

庭先に梨央奈はいなかった。震動がない代わりに、遠方から長く轟音が響いてくる。ジェット機の飛行音に思える。ふいに風が強くなった。裸木が枝を擦《こす》りあわせ、かさかさと音を立てる。道路には誰もいない。

あまり玄関ドアから遠ざかりたくない。それでもいまはやむをえなかった。クルマのわきを抜け、わたしは表通りに達した。

路面を埃《ほこり》とゴミが舞っている。あらためて眺めてみると、区画整理された住宅街にはちがいないものの、手つかずの自然がごく近くにある。一軒の家の周りに、街路樹とは異なる木立があり、剝きだしの地面がひろがる。雪原に覆われていたときより、はるかに広々としていた。

空気が澄んでいて、光の加減が目に美しく映える。梨央奈もそんな光景に誘われ、ふらふらと家から遠ざかったのかもしれない。

わたしは路上を駆けめぐった。「梨央奈!」

はっと注意が喚起された。道のはるか彼方、十字路の角に赤煉瓦《れんが》の二階建てがある。その十字路に梨央奈が小さく見えていた。マスクはしていない。こちらを見て片手を振っている。もう一方の手にはスマホがある。やはり自撮りに興じていた。

そちらに向かいながら、わたしは呼びかけた。「もう。そんなに遠くにいかないで」

すると背後にドアの音をきいた。磯塚の声が耳に届く。「おーい。外にでかけちゃだめだよ」

わたしは振りかえった。磯塚が家の前にでてきていた。声をききつけたのだろう。

「すみません」わたしは磯塚に頭をさげた。「お父さんを……父を呼んでもらえますか。ご迷惑をおかけして申しわけありません」

すでに距離が開いているため、磯塚がどんな表情を浮かべたか、はっきりとはわからなかった。戸惑いがちにその場にたたずんでいる。磯塚が動くのをまってはいられない。わたしは道路の行く手に向き直り、足ばやに歩きつづけた。

梨央奈は赤煉瓦の家を背景に自撮りをしている。一見したよりも遠いとわかった。わたしは小走りに駆けていった。自分の靴音だけが響く。向かい風を感じる。日本の住宅街では考えられないほど広大で、しかも無人で独占状態だった。梨央奈は気分よく走っていったのだろう。その気持ちはわからないでもない。

ようやく梨央奈に近づいた。しばらく運動しなかったせいか、このていどで息が弾んだ。わたしは梨央奈にいった。「早く帰って。勝手にでちゃだめでしょ」

「あと少し」梨央奈は自撮りをつづけた。「お姉ちゃんも入る？」

「ちょっと。まだ熱でもあるんじゃないの？」

そのとき年齢を感じさせる男性の声がきこえた。梨央奈が驚いて振りかえる。わたしも赤煉瓦の家に視線を向けた。

玄関から高齢の白人男性が姿を現した。痩せ細った身体に、ひとまわり大きな防寒着を羽織っている。黒縁眼鏡に白い髭《ひげ》を生やしていた。庭をこちらに歩いてきながら、梨央奈を指さし、なにやら怒鳴りつけてくる。憤っているのはあきらかだ。撮るなといっているのか、それとも外出を咎めているのだろうか。

梨央奈が困惑をしめした。あわてたようにマスクをとりだし、口もとを覆う。「ああ……。すみません。ええと、ソーリー。お姉ちゃん、ごめんなさいってなんていえば……」

「ヴィバチテ」わたしはうろおぼえのウクライナ語を口にし、高齢男性に頭をさげた。

ところが高齢男性はなおも早口にまくしたてる。ゆっくりとした歩調は年齢のせいだろう。梨央奈もわたしに倣い、おじぎをしつつヴィバチテといった。高齢男性の怒りはいっこうにおさまらないようだ。

遠くから磯塚が声を張り、ウクライナ語で男性に話しかけた。わたしはそちらに向き直った。磯塚は仕方なさそうに路上にでてきていた。両手をひろげ、なにか喋りながら歩いてくる。まだかなり距離があり、姿も小さく見えている。

高齢男性は磯塚に対し、ひときわ甲高い声で一喝した。磯塚が根気強く語りかけ、こちらに向かってくる。

路上を歩く磯塚が、大声の日本語で告げてきた。「その人はね、出歩いちゃいけないといってるんだ。心配してくれてるんだよ」

やはりそうだったのか。もっと丁寧なお詫《わ》びの言葉があるはずだった。わたしはあらためて高齢男性に謝罪しようとした。「ええと、あの、ブラッディ……ラースカ……」

この静寂のなかでは、まだかなり遠くにいる磯塚の耳にも、わたしの声が届いたらしい。磯塚が笑ったのがきこえた。「ブラッディは英語で血まみれって意味だよ。ブッディ・ラースカといいたい？」

「そうです」わたしは高齢男性にまた頭をさげた。「ブッディ・ラースカ・ヴィバチテ」

高齢男性の眉間には皺が寄ったままだった。老眼鏡のレンズがぎょろ目を拡大する。通じていないようだ。磯塚が遠くから繰りかえした。ブッディ・ラースカ・ヴィバチテ。ようやく高齢男性が渋い顔でうなずいた。

両手をひろげた高齢男性が、踵《きびす》をかえし玄関に戻っていく。玄関ドアは半開きになり、高齢の女性が顔をのぞかせていた。たぶん夫婦だろう。高齢女性は微笑を浮かべていた。

梨央奈がほっとしたようにため息をついた。わたしもようやく緊張が解けていく、そんな実感があった。

遠くから歩いてくる磯塚に、ここまで来させては悪い。わたしは声を張った。「いま戻りますから」

するとそのとき、磯塚の向こうに人影が見えた。母だとわかった。梨央奈、琉唯。母が声を響かせている。父も駆けだしてきた。大目玉だとわたしは思った。

磯塚が道の途中で歩を緩め、背後を振りかえった。ふたたびわたしのほうに向き直る。笑い声がこだました。「お父さんに怒られないように、僕から話しとくから……」

まだ言葉はつづいている。磯塚の口も動いていた。なのに唐突に耳鳴りが襲い、声がきこえなくなった。甲高いノイズが急激に音量を増した。

ほんの一秒のできごとだった。空に稲光のごとく閃光《せんこう》が走った。落雷も同然の轟音が耳をつんざく。赤煉瓦の家の屋根が吹き飛ぶ瞬間を、わたしはまのあたりにした。瓦《かわら》が粉々に飛び散り、熱風が押し寄せてくる。薬品のような強烈な異臭が鼻をついた。玄関に向かう高齢男性が身を屈《かが》める。戸口にいた高齢女性も、動揺をあらわにしながら両手を振りかざした。視認できたのはそこまでだった。煙に似た砂埃が急速に膨張し、辺り一帯を覆った。視界はセピア色の濃霧に包まれた。

なにが起きたかわからない。目に激痛が走った。気管になにか妙な気体を吸いこみ、たちまちむせた。咳とともに喉が焼けるようにひりつく。
やたらけたたましい騒音が鼓膜を破ろうとしてくる。叩くような、あるいは弾《はじ》ける
ような音が断続的に反響する。音圧は途方もなく強烈で、骨の髄まで揺さぶられる。
わたしは両手で耳を塞《ふさ》いだ。頭が割れそうだ。
そのとき背後から高熱を帯びた突風に見舞われた。踏み留まるのは不可能だと瞬時
に悟った。両足が宙に浮き、体勢が崩れた。わたしはつんのめり、全身を路面に叩き
つけた。痺《しび》れる痛みが腕や脚にひろがった。
顔をあげると砂嵐が吹き荒れていた。強風に髪がなびき、さかんに顔を覆おうとし
てくる。首を振って払いのけ、不明瞭な視野に目を凝らす。
道路上に瓦礫が散らばっていた。砂埃をかぶっている。そのなかに梨央奈が横たわ
っていた。髪も服も白く染まっている。まるで砂浜でこしらえた人形のようだ。突っ
伏した姿勢で脱力し、身じろぎひとつしない。
起きあがろうと歯を食いしばった。耳抜きが成功したときのように、雑音とともに
聴覚が戻った。いつしか音がきこえづらくなっていたと気づかされる。絶叫や悲鳴が
こだましていた。誰の声かわからないが、大人のようだ。
わたしは震える声を絞りだした。「お母さん！　お父さん」

あきらかにウクライナ語とおぼしき男性の声が、目の前を横切っていった。誰かが走っている。さっきの高齢の夫婦とはちがう。中年で恰幅《かっぷく》がよく、フードつきの防寒着を羽織っている。巨体を揺すりながらあたふたと逃走する。わたしは手を伸ばし、助けを求めるべく呼びかけようとした。

またさっきの叩くような騒音が鳴り響いた。男性のフードをかぶった頭部が、いきなり破裂した。文字どおり弾け飛んだ。フードが変形して潰れ、褐色に濁った液体がぶちまけられた。男性の身体は進行方向につんのめった。頭部があった辺りから、斜めに噴出する液体は、鮮血だとわかった。

わたしは自分の悲鳴を耳にした。火薬のにおいが濃厚に漂う。必死に跳ね起きたとき、砂嵐に遮られていた視界が、あるていど見通せるようになっていた。

愕然《がくぜん》とする光景があった。平穏だったはずの住宅街の路上を、ニュースで観たような迷彩柄の兵士の群れが前進してくる。以前に兵員輸送車の上にいるのを見かけた兵士たちとは、迷彩柄の色がちがう。どの体形もずんぐりしていて、小顔を目出し帽が覆い、ひとまわり大きな半球型のヘルメットをかぶる。両腕で一丁を携えるアサルトライフルは、銃身を水平に保っていた。銃口に閃光が走る。あの叩くような騒音が間近で鳴り響く。銃火が閃《ひらめ》くたび鼓膜が破れそうになる。

現実にきく銃声は、至近距離の落雷より、さらにけたたましかった。両手で耳を塞いでも耐えられないほどだ。目に映るすべてが動画のように非現実的だった。テレビから抜けだしてきたも同然の、完全武装の兵士たちが、民家に銃を乱射する。なにかをあちこちに投げるたび、辺りに煙がひろがる。煙幕かもしれない。

大勢の絶叫のなかに、日本語が混ざっていた。磯塚の声が怒鳴っている。「逃げろ！　そこから逃げろ！」

自分と梨央奈への呼びかけにちがいない。わたしはそう悟った。目で妹を捜しつつ声を張った。「梨央奈！」

さっき梨央奈が横たわっていたはずの場所に、その姿がない。けれどもたしかなことはいえなかった。方向が曖昧《あいまい》になっている。砂埃に代わり煙が立ちこめ、視界が極端に狭められる。周りの風景がわからない。道がどの向きに走っているのかさえ判然としない。

わたしは死にものぐるいで駆けだした。梨央奈がいたとおぼしき場所をめざす。妹を連れ家のほうに引きかえす、そのつもりだった。ところが梨央奈が見つからない。よくわからないうちに、わたしはなぜか土を踏みしめていた。どこかの家の庭のようだ。誰かの敷地に入りこんでいる。白い塗り壁、上げ下げ式の窓。玄関ドアが目の前にあった。

　ふいにそのドアが開いた。生えぎわが後退した白人の男性がでてきた。ぎょっとした顔をこちらに向ける。わたしをまじまじと見つめると、いきなり怒鳴りつけた。

　肝を冷やしたわたしは立ちすくんだ。しかし男性は、さっきの高齢男性とは真逆のことをうったえているらしい。早く家に入れと手振りでしめしてくる。もう周囲に目を向ける勇気さえない。ほとんどなにも考えないうちに、わたしは玄関ドアのなかに駆けこんでいった。

　外国映画かコマーシャルで見かけるような、ウッド素材のブラウンを主体にした、いかにも西洋風のリビングルームがあった。栗色の髪の少年ふたりがテーブルについていた。母親らしき女性も近くにたたずんでいる。表情はひきつりぎみだった。男性が女性になにか喋った。女性はわたしの手首をつかんだ。どこかに引っぱっていく。

　奥のドアを抜けた。そこは寝室だった。大きめのベッドがあり、白髪頭の老婦が半身を起こしている。老婦はこちらをじっと見ていたが、わたしは声をかけることさえできなかった。

　女性がクローゼットを開けた。無数のスーツやワンピースが吊り下がっている。わたしはそのなかに押しこまれた。女性がなにか喋った。すぐにクローゼットの扉が外側から閉ざされた。狭く暗い場所にわたしはひとりきり、立ったまま潜むことになった。

しばらくは靴音しかきこえなかった。隣のリビングルームで男女が言い争っている。言葉はわからないが、わたしの両親による口論に似たトーンだった。

にわかにガラスが割れる音がした。話し声が絶叫と悲鳴に変わった。またも落雷を凌ぐ銃声が轟き、家全体を揺るがした。激しい騒音が継続する。クローゼットのなかにまで煙のにおいが漂ってきた。なんともいえない薬品のような異臭も混ざりあう。銃声は何度か断続的に鳴り響いた。わたしはそのたびすくみあがった。両手を耳から離せない。膝が震えた。へたりこみそうになるが、狭すぎてそれすら可能にならない。

部屋のドアを開け放つ音がした。靴音が室内に踏みこんでくる。わたしは息を呑んだ。クローゼットの扉一枚を隔てた向こうに兵士がいる。ひとりかふたりのようだ。

しわがれた老婦の声がなにか喋った。兵士に話しかけているのだろう。特に抗議するような口調ではない。説得しようとしているのかもしれない。同じ言葉が何度か繰りかえされる。兵士は沈黙しているようだ。銃声も轟かない。

ところがふいに老婦の濁った呻き声がきこえた。ひどく苦しげに、しだいにか細くなり、やがて途絶えた。室内はしんと静まりかえった。

せわしない鼓動が内耳に響いてくる。わたしは息を殺し、ただ身を震わせていた。靴音ひとつきこえてこない。部屋にはもう誰もいないのだろうか。

ふとクローゼットの扉の隙間から、光が射しこんでいるのに気づいた。少し身体の向きを変え、わずかに身を乗りだせば室内が覗けそうだ。

しかし身じろぎすれば物音を立てるかもしれない。吊り下がった何着もの服が、わたしの上半身にまとわりついていた。

ほんの少し、ゆっくりと動いてみた。静寂は保たれている。慎重に体勢を変えていけば、顔を扉の隙間に近づけられる。

じわじわと身体の向きを変えていく。前屈姿勢になった。射しこむ光に、片方の目を接近させる。わたしは部屋のようすを覗いた。

思わず声を発しそうになった。兵士がふたりいる。退室してはいなかった。ただ立ちどまっているだけだ。ひとりがベッドからシーツを取り払った。おびただしい量の血液が付着している。ベッドに横たわった老婦はぐったりと脱力していた。老婦の顔は見えない。刃が真っ赤に染まったサバイバルナイフを、兵士が逆手に握りしめていた。

わたしは両手で口を覆った。てのひらがマスクに触れた。のけぞったせいで重心が後ろにずれ、ふらつきそうになったため、あわてて体勢を立て直した。暗がりのなかで光がぼやけ乱れだす。涙が滲《にじ》んでいた。嗚咽《おえつ》を漏らすわけにいかない。兵士らに気づかれてしまう。

引き出しを開け閉めする音がきこえた。わたしはひやりとし全身を凍りつかせた。兵士たちが室内の物色を始めた。じきにこのクローゼットの扉も開けられてしまう。

体感温度が急激に下がりだした。冷凍庫に閉じこめられたようだ。冷たくなっているのは空気ではなく、自分の体温にちがいない。身体の震えがとまらない。頭上でハンガーがわずかにきしむ音を立てた。

と同時に室内の物音が途絶えた。兵士たちがようすをうかがいだした。靴音がうろつきまわる。わたしは祈る気持ちで目を固くつむった。

唐突に震動が襲った。わたしは悲鳴を発しそうになった。反射的に目を剝くと、闇だけがあった。クローゼットの扉はまだ開けられていなかった。屋外から轟音が反復する。

別の兵士らしき声が呼びかけた。あわただしい靴音がきこえた。金属音が交ざっている。迷彩服につけた装備品のせいかもしれない。靴音は少しずつ小さくなっていく。

また静かになった。だがわたしは動かずにいた。けっして油断できない。扉のすぐ外で、兵士が息を潜めていないともかぎらない。

ゆっくりと動くことを心がけた。ふたたび扉の隙間をそっと覗く。血染めのシーツはベッドの上に戻されていた。老婦の身体が覆われている。片腕だけが垂れ下がっていた。指一本動かない。痙攣《けいれん》すら見てとれない。

もう部屋のなかに兵士の姿はない。隣のリビングルームからも、物音ひとつきこえない。逆に屋外は騒々しかった。また住民らしき叫びがこだまする。ときおり銃声が鳴り響くたび、肝が潰れる。

暗くて狭いクローゼットの内部が、ふいに息苦しくなった。わたしは咳きこみそうになり、堪《たま》りかねて扉を押した。部屋に転がりでるや必死に息を吸いこんだ。過呼吸ぎみになっているのを自覚する。ひどく胸が苦しい。

息も絶えだえに喘《あえ》ぎながら、わたしはなんとか身体を起こした。血まみれのベッドに愕然とするが、シーツの下をたしかめる余裕もない。本来なら両手を合わせるべきかもしれないが、ただ心のなかで冥福《めいふく》を祈るしかなかった。わたしはふらふらとリビングルームに向かった。

より凄惨な光景がそこにあった。リビングルームは粉砕されていた。無数の木片が部屋じゅうに散乱し、壁と床に血の色がひろがっている。栗色の髪の少年ふたりのうち、ひとりは椅子にのけぞり、もうひとりはテーブルに突っ伏していた。母親らしき女性は、その少年の背に覆いかぶさったままだった。とっさに庇《かば》おうとしたのかもしれない。さっきわたしを家に迎えいれてくれた男性は、窓ぎわの床で仰《あお》向《む》けに横たわっている。全身にガラス片が突き刺さり、血みどろの状態にあった。半目が開いているのがわかる。瞼はぴくりともしない。

酸っぱいにおいが漂う。人体の中身が溢れでたがゆえのにおいだろう。

割れたマグカップには、まだミルクが半分ほど残っていた。皿の上には木片のみならず、食べかけのクッキーがあった。ごくふつうの朝の時間が訪れていた。一瞬にしてすべては悪夢に変わった。

どうにもならず涙がこみあげてくる、当たり前の感覚がようやく戻ってきた。いままでは悲しみすらおぼえるゆとりもなかった。だが感情のすべては解き放てない。おそらく打ちひしがれ、この場にくずおれてしまうだろう。そうなったら二度と立ちあがれない。いまはあらゆる思いを遠ざけるしかない。

日本で亡くなった人を見たのは、祖母の葬儀のときだけだった。なのにもう複数の遺体をまのあたりにしている。現実を認識しながらも、なお正気が保たれている、そんな自分の精神状態が信じられない。

いや、すべては絵空事のようだ。夢ならすぐに覚めてほしい。日常に戻りたい。そう願わずにはいられない。

わたしは歩きだした。砂利を踏んだときに似た音がした。細かな木片やガラス片、そのほか雑多な破片類が、床一面を覆い尽くしている。半開きの玄関ドアから外気が吹きこんでくる。壁掛けのカレンダーが風にめくれあがる。キッチンの調理台の上を、レタスの切れ端が転がっていく。

戸口に近づいた。わたしはふらふらと外にでた。もっと気をつけながらドアを抜けるべきだったか。事前にそんな考えは生じなかった。もう家をでてしまった。兵士と鉢合わせする危険もあったが、なにも起きずに済んだ。幸運だったのだろうか。知らない。慎重な判断にしろ熟考にしろ、無理な相談だ。いまはただ家に帰りたい。福島の自宅だ。それも震災前に戻りたい。遠く離れているせいか、元のまま存続しているかのように感じられる。疑いたくない。夢想だろうとそう信じたい。

半ば放心状態を自覚しながら、まるで散歩のような歩調で、ぶらりと庭先にでた。家はどちらだろう。わたしはぼんやりと考えた。

ところが路上を見るや現実へと引き戻された。灰色の煙が立ちこめるなか、迷彩服らが姿勢を低くしながら、容赦なく銃撃をつづける。一発ごとに脳震盪《のうしんとう》を起こさせるような音量で銃声が鳴り響く。防寒着姿の市民が次々と倒れていく。子連れだろうと銃弾が見舞われた。人体に被弾するたび血飛沫があがる。全身の関節がありえない曲がり方をし、その場に突っ伏す。阿鼻叫喚《あびきょうかん》というが、甲高い叫びは、どれも一秒か二秒しか継続しない。横たわる人々はすべて絶命しているのか。いまは考えたくない。

わたしは身を翻し、路上を逃走していった。気づかれたかどうかは不明だ。背中を撃たれるかもしれない。いつでもそうなりうる。ただ無我夢中で走った。もう方角など意識に上らない。ただ兵士たちが撃ってくるほうから逃げたい。

煙は濃霧に似ていた。数メートル先までの状況しかあきらかにならない。わたしが駆けていくと、行く手に停まるＳＵＶがうっすら浮かんできた。三菱アウトランダーかと思ったがちがった。知らない外車だった。後部ドアが片側のみ開け放たれている。左ハンドルの運転席から、太った白人男性が顔をのぞかせ、どこかに手を振っていた。必死に誰かを呼び寄せようとしている。

小さな人影が駆け寄った。全身に砂をかぶっているが、白人の子供だとわかる。もうひとり連れがいた。驚いたことに梨央奈だった。梨央奈だけはマスクをしている。ふたりとも頭を低くしながらクルマに駆けていく。

見過ごせるはずもなかった。わたしは猛然と走りだした。「梨央奈！」

銃声が轟くせいで声が届かない。白人の子供と梨央奈がSUVの後部ドアに飛びこんだ。わたしはそこに追いついた。梨央奈がドアを閉めかける。その隙間にわたしは身体をねじこんだ。

砂まみれの梨央奈が目を瞠《みは》った。「お姉ちゃん」

梨央奈は座る位置をずれようとしない。そのためわたしが乗車するスペースがない。わたしは転がりこむも同然に、俯《うつぶ》せに梨央奈の上に重なりあった。梨央奈が動かなかった理由はすぐに判明した。さっきの子供のほか、もうひとり別の子供が後部座席にいる。金髪の少女だった。片方の瞼が無残に腫れあがり、目尻から血が流れている。マスクはしていない。梨央奈と行動をともにしていた子供は、少年だとわかった。どちらも年齢は不詳だった。白人は身体が大きく、顔つきも大人びて見える。逆に梨央奈やわたしは幼く見られているのかもしれない。

前部座席を振りかえる。運転席に太った男性、助手席には頭にヘアカーラーをつけたままの女性がいる。ふたりのあいだに幼児もいた。幼児はまっすぐこちらを見ていた。不安そうに目を潤ませている。運転席の男性がなにか怒鳴った。じれったそうに同じ言葉を繰りかえしたのち、クローズ・ドアと英語でいった。わたしはあわててドアを閉めた。

轟音が路面を揺るがした。クルマは発進した。たちまち速度があがり、住宅街の路地を駆け抜けていく。

わたしのなかで不安が募った。梨央奈を見つめてきいた。「どこ行くの？」

「知らない」梨央奈は目を真っ赤に泣き腫らしていた。顔の地肌とマスクに砂がこびりついている。

「この子は？　なんで一緒にいたの？」

「知らないって。木に隠れようとしたらそこにいただけ」

後部座席の子供たちは、前部座席の大人と特に言葉を交わさない。親子関係でもなさそうだ。わたしはつぶやいた。「家まで……。家の前に降ろしてくれればいいのに」

梨央奈は運転席の男性にうったえた。「わたしたちの家に……。ホーム。連れてって」

運転席の男性は耳を傾けなかった。クルマがどこかの角を折れた。突如、進路におびただしい数の兵士の群れが現れた。助手席の女性が悲鳴をあげた。男性がステアリングを切り、タイヤをきしませ別方向に折れた。怒号に似た声が後方に響く。銃声も轟いた。わたしは心底怯えていた。梨央奈と抱きあいながら、姿勢を低くしようと躍起になった。

さっきの兵士の集団は、ただ寄り集まっていたにすぎなかったようだ。誰も身構えてはいなかった。だがいまはちがう。もう追跡に転じたかもしれない。このクルマも停まるわけにいかないのだろう。

車体に衝撃が生じ、リアウィンドウが割れた。ウクライナ人らしき子供たちが悲鳴を発した。風が吹きこんできた。フロントガラスが失われるよりはましにちがいない。全員の髪がなびいても、目を開けていられないほどの状況ではない。ただ騒音はじかに届くようになった。雷鳴に匹敵する銃撃音に、わたしは両手で耳をふさいだ。気分が悪い。荒い運転に嘔吐《おうと》感がこみあげてくる。

わたしはわずかに顔をあげた。サイドウィンドウ越しに、道路沿いの民家が目に入った。窓のなかで兵士たちが銃を乱射している。玄関ドアから一群が外に繰りだしてきた。こちらに視線を向けた。クルマは猛スピードで駆け抜けた。数秒の間を置き、銃声がいっせいに響き渡った。叫ぶ梨央奈をわたしは死にものぐるいで抱き締めた。

クルマは市の中心部に向かっている。ひょっとして病院をめざしているのだろうか。四階か五階建てのアパートの一階部分、テナントのシャッターはほとんど閉まっていた。市役所の近くまできたのがわかる。

一帯は住宅街よりも深刻な状況にあった。運転席の男性も減速できないらしく、そのまま走りつづけた。ウクライナ軍とは別の兵員輸送車が道端に停車している。大勢の兵士が展開していた。シャッターを破壊してまわっている。運びだされるのはテレビやパソコンだった。あれは略奪ではないのか。薬局も襲われていた。医薬品を少しでも確保する気かもしれない。

市役所の屋根から黒煙が立ち上っている。青と黄からなるウクライナの国旗を、迷彩服の集団が燃やしていた。

前後にはほかにも一般車両が走っている。すでに乗り入れが許される区画ではないようだ。わたしが後方に目を向けたとき、ミニバンに兵士たちがマシンガンの掃射を浴びせた。フロントガラスに亀裂が走り、飛散した鮮血に染まる。もう悲鳴もあげられなかった。ただ顔を伏せるしかない。

それでも現実から目を背けてばかりはいられない。走行中に熱風を感じるたび、はっとして視線をあげた。道端で燃え盛るクルマが、後方視界に消えていく。ときおり路上に横たわる人間が燃えていた。着ている物はどう見ても迷彩服ではない。みな市民にちがいなかった。

ふいにクルマが減速しだした。病院に近づいたからだろう。塀が崩れたのか、路面の半分ほどに瓦礫が溢れている。遮る物がなくなった向こうに病棟が見えていた。複数の窓が割れ、真っ赤な炎が噴きだしている。白衣姿がエントランスから駆けだし、庭先を逃げ惑う。そんな一帯のそこかしこに土嚢《どのう》が積まれ、銃座が築かれていた。土嚢からわずかに顔をのぞかせた兵士が、三脚に据えた機関銃で弾幕を張り、逃げる人々を撃ち倒している。片足を引きずる入院着姿の婦人を、兵士が背後から撃った。婦人はつんのめった。入院着がたちまちどす黒く変色していった。

歩道に立つ兵士は、ストラップに下げたアサルトライフルを水平方向に構えている。兵士のひとりがこちらを指さした。なにやら怒鳴っている。運転席の男性が悪態らしき言葉を漏らし、クルマを急加速させた。

想像を絶する音量の銃声に対し、わたしは耳をふさぐ手に力をこめ、多少なりとも軽減させようとした。クルマが右に左にと角を折れていく。異音と衝撃が車体を揺さぶるたび、被弾したのかと肝を冷やす。しばらく蛇行運転がつづいたものの、やがて立て直された。

梨央奈が泣きながらわめいた。「どこまで行くの！　降ろして。帰りたい」

両親のもとからどんどん遠ざかってしまう。市役所周辺がこんな状況では、明日到着するはずのバスも、予定どおり運行するとは思えない。

焦げくさいにおいが車内まで漂ってくる。建物のいくつかが瓦礫の山と化していた。電柱が傾き、電線から火花が散る。隣接する街路樹が炎上している。遠くに目を転じると、住宅街のあちこちに火柱があがっていた。震災を思い起こさせる。いや状況はもっと悪い。ここでは人の手で虐殺が繰りひろげられている。

市の中心部を突っ切り、繁華街の逆側にでた。クルマは住宅街の別の区画を走りつづけた。住民らが駆けまわっている。この区画にはまだ兵士らの手が伸びていないのかもしれない。そう思いながら角を折れたとたん、行く手に迷彩服の集団をまのあたりにした。運転席の男性があわててステアリングを切り、脇道に飛びこんだ。一拍遅れの銃撃音が追いかけてくる。どこへ行こうとも地獄絵図しかまっていない。

わたしは生きた心地がしなかった。いきなり濁った声を耳にした。後部座席にいた少女が激しく吐いた。胃の内容物が飛び散り、わたしに降りかかったが、汚いとは感じなかった。そんな感性自体が消失していた。いまはふいに訪れる一瞬の死を恐れるばかりでしかない。梨央奈の身体の震えがつたわってくる。握りあう手に汗が滲《にじ》み、絶えず滑りがちになる。苦しげな吐息が自分のものか、梨央奈のものかもわからない。

甲高いブレーキ音とともにクルマが急停車した。わたしは体勢を崩したが、車外に放りだされることはなく、ただ前部座席の背にぶつかるに留まった。梨央奈の顔がわたしに衝突した。鈍重な痛みが全身にひろがる。わたしはうずくまって耐えた。梨央奈が額に手をやり、痛そうに表情を歪めている。

「だいじょうぶ?」わたしは梨央奈に声をかけた。

梨央奈が泣き顔を向けてきた。手を額から浮かせると、黒い痣《あざ》ができていた。いまの衝突によるものかどうかはわからない。出血がないだけでも運がよかった。

もう住宅街ではなかった。より郊外の風景だ。道路沿いには裸木ばかりの林がある。遠方に低層の家屋が点在するのみ。だが安心にはほど遠い。クルマの前方にはバリケードが築かれ、通行が遮られている。急停車はそれが原因だった。有刺鉄線を巻いたバリケードの向こうに、ペパーミントグリーンの尖《とが》った屋根が見える。教会ではない、ちっぽけな駅舎だ。

前にも見た光景だとわかった。あれはブチャ駅だ。小ぶりな駅舎の前には、やはりごく小規模なロータリーがあり、バス停になっていたはずだ。しかし進入路はバリケードで塞がれている。ここからロータリーは見えないが、おそらく兵士らの支配下にあるのだろう。

前部座席の大人ふたりは、列車での避難に望みを賭けたのかもしれない。こんな状況で走る列車がありうるのだろうか。無謀としかいいようがない。だがたとえまちがっていたとしても、現地の大人による判断に難癖はつけられない。いまは誰も正常な思考ではいられない。

バリケードの向こうに動きがあった。いくつかヘルメットがのぞいた。兵士たちが潜んでいる。わたしの心臓は冷えきっていた。バリケードの隙間から銃身が突きだし、まっすぐこちらに狙いを定めている。

助手席の女性が真っ先に悲鳴を発し、幼児を抱きあげた。運転席の男性も動揺をあらわにし、降車しようと躍起になった。運転席のドアが開く。風が車内を吹き抜ける。遠方から拡声器を通じた男の声が響いてくる。兵士だろうか。なにを喋っているかはわからない。

前部座席の大人ふたりがいなくなり、急に視界が開けた。フロントガラスの向こう、バリケード越しに銃を構える兵士らを、わたしは真正面にとらえた。遮る物はなにもない。

激しい焦燥に駆られた。無我夢中でドア内側の把《と》っ手をまさぐる。なにも考えてはいない。車内と外のどちらがより危険かもわからない。ただここにはいられなかった。身動きがとれないまま放置されるわけにいかない。

把っ手に触れたものの、どうすべきか頭に浮かばなかった。ありえないことだが、ふだんは難なくできることが、いまはできない。思考が極度に鈍化している。あわてるばかりで、いま自分がなにをしようとしていたか、それすら脳から吹き飛んでいた。

そのとき梨央奈の手が伸び、把っ手を引いた。ドアが外へと開いた。わたしは梨央奈に絡みついたまま、ふたりとも車外に転がり落ちた。

アスファルトに叩きつけられたが、わたしは痛みなど感じなかった。ただ梨央奈は、痛っ、小声でそう呻いた。車内に残された少年と少女が気になる。わたしは身体を起こし、後部座席を覗きこんだ。

少年と視線が合った。その向こうに少女もいる。少女の開いたほうの目がわたしをじっと見つめた。ふたりとも無表情だった。状況に理解がついていけず、ただ茫然としているようでもある。その気持ちは痛いほどわかる。

少女が身を乗りだし、手を差し伸べてきた。わたしもその手をとろうとした。

唐突に視野が激しく明滅した。フロントガラスが砕け、ガラス片が車内に飛び散った。シートの背面に無数の穴が開いた。車体が大きく変形したのがわかった。横殴りに銃弾の掃射が襲い、なにもかもが粉砕されていった。少年と少女は同時に叫んだが、すぐにその声は掻き消された。

なにが起きたのか、わたしははっきり視認できなかった。両手で頭を抱え、梨央奈とともに路面に突っ伏していた。ただ血飛沫のほか、半固形のどろどろしたものが、大量に降り注いできた。頭上で金属が鋭い音とともに、連続して貫かれる。車体が蜂の巣にされていく。なにかが耳もとをかすめ飛ぶ。風圧が甲高い音をともなう。これが銃弾だろうか。だとすればいつでも命中しうる。

雷鳴がやんだ。突然のように静かになった。聴覚が失われたのではと疑った。音の高い耳鳴りが長く尾を引く。

震えるばかりで動けない。横たわったまま梨央奈と身を寄せあった。梨央奈はガラス片を頭からかぶっていた。もう顔は擦り傷だらけだ。わたしも同じありさまにちがいない。

どちらが先に動きだしたか、それすら判然としない。わたしは梨央奈と支えあい、なんとか立ちあがりかけた。

また銃声が轟いた。恐怖にすくみあがり、膝の力が維持できなくなる。ふたりは中腰の姿勢になっていたが、またも揃って転倒した。

だがさっきとは状況が異なる。近くの車体に被弾の音が響かない。わたしは早々に気づいた。バリケードから身を乗りだした兵士たちは、こちらではなく横を向いていた。別の方角を銃撃している。

標的は駅の向かいにあたる林のなかだった。葉をつけない木々の奥を、大型ＳＵＶが見え隠れしながら突っ切っていく。一瞬だけサイドウィンドウがあらわになった。車内にすし詰めになった一般市民らがいる。兵士たちは大型ＳＵＶを狙い一斉掃射をつづけた。

わたしはふたたび立ちあがった。梨央奈に手を貸しつつ、ふたりで退避を始めた。だが梨央奈が怯えた声を発し、その場に立ちすくんだ。わたしもひるまざるをえなかった。足もとに血まみれの死体があった。運転していた男性だった。思わずふたりで後ずさり、進行方向を変える。駆けだそうとしたものの、またも踏み留まってしまった。

助手席にいた女性も路面に倒れていた。投げだされた両手から、少し離れた場所に、幼児が横たわる。白目を剝き、半開きにした口から泡を吹いていた。衣服ごと腹部が裂け、内臓らしきものが露出している。

正視してしまったのを後悔した。自然に足が走りだすにまかせた。銃声がつづくなか、わたしは梨央奈とともに頭を低くし、最寄りの木立に駆けこんだ。

大型ＳＵＶが走りまわる木立とは逆方向にあたる、駅に近い林のなかだった。木々はかなり密集している。しかし立ちどまっていれば、たちまち兵士たちに見つかってしまう。わたしと梨央奈は奥へ奥へとさまよいこんでいった。

息が苦しくなった。手が自然に口もとに触れた。まだマスクをしていることに気づいた。マスクをつかみとりポケットにねじこむ。呼吸が楽になった。わたしは走りながら梨央奈にいった。「マスクとって」

梨央奈が助言にしたがった。とたんに弾む息づかいが耳に届きだした。不足した酸素を取りこもうとするように、梨央奈はせわしなく喘いだ。

足場が悪い。土から浮きあがった根につまずいては、前のめりに転びかける。ひとりがつんのめりそうになると、もうひとりがとっさに支えた。だが助けあうにも限度がある。逃げまわるうちにふたりは同時に足をとられた。わたしと梨央奈は突っ伏してしまった。

痛みが全身にひろがっていく。その過程をじれったくさえ感じる。どれだけ苦痛だろうと、さっさと脳が認識してほしい。痺れのピークが過ぎ去らないと、ふたたび動きだせない。

居直りを罰するかのように、思いのほか激痛が襲った。わたしはうずくまって耐えたのち、呻きながら身体を起こした。周囲に視線を向ける。木々の隙間からペパーミントグリーンの三角屋根が見えていた。

思わず唇を噛んだ。林の奥深くに逃げこんだつもりだったのに、目の前に駅舎があるではないか。すぐ近くが林の出口で、その先はロータリーだった。そちらから兵士らが押し寄せたらひとたまりもない。

しばらく中腰の姿勢のままようすをうかがった。隣に倒れていた梨央奈がゆっくりと起きあがる。

妙に静かだった。駅のほうにひとけを感じない。物音もきこえなかった。兵士が制圧済みかと思ったが、誰も待機していないのだろうか。たしかに列車の発着など、すでに絶えて久しいにちがいない。

理性的な思考とはいえなかった。とはいえこの国の常識はわからない。戦争となればなおさらだ。

わたしは歩きだした。梨央奈も歩調を合わせてきた。落ちた小枝を踏みしめる音だけが、かすかに耳に届いた。微音をききつけている。聴覚は正常のようだ。行く手のロータリーに、なにがまつかわからない。誰もいないかもしれない。それならその事実だけでもたしかめたい。包囲されていないのであれば安全な方角を知りたい。予想もしえない救いが訪れるならなお幸いだった。

幹の太い木を選び、その陰に身を隠しつつ、木立の出口に迫っていった。駅舎がはっきり見えるようになってきた。その手前のロータリーが視認できる、ぎりぎりの位置まで歩を進めた。

ロータリーはバス停だが、いまはバスどころか車両は一台もない。ただ環状になった舗装済みの道路があるだけだ。

しかしその路上は無人ではなかった。なぜか五人が等間隔に座っている。みな白人男性で防寒着姿だった。背筋を伸ばし正座していた。いや正確には、正座という文化のない国だけに、尻をわずかに浮かせている。両手は後ろにまわしていた。

わたしは愕然とした。よく見れば五人とも目隠しをされている。両手も後ろ手に縛られているではないか。

そう思ったとき、いっせいに銃声が轟いた。五人は頭を撃ち抜かれ、全員がばたばたと倒れた。

梨央奈が両手で顔を覆った。悲痛な呻きを漏らす。わたしは梨央奈の肩を抱き、急ぎ林のなかを引きかえした。

兵士たちが梨央奈の声や物音に気づくはずはない。そんな危険など感じない。銃声の音量はそれ自体が殺人的だ。発砲があるたび耳鳴りに襲われる。この騒音に晒《さら》されつづければ聴覚異常を生じるか、精神状態が崩壊するだろう。すなわちライフルを撃った直後の兵士が、周りの微音をとらえるとは思えない。

林のなかをうろつくうち、遠方の木々のあいだを兵士が歩くのが見えた。わたしはとっさに木陰に隠れた。進路を変えたものの、また行く手に兵士の姿が、ひとりふたりと垣間《かいま》見える。

まだ気づかれてはいない。梨央奈の肩に手をかけ、腰を下ろすようにうながした。びくっとした梨央奈が、信じられないという目でわたしを見つめてきた。身体の震えがおさまらないようすだ。いいから、わたしは無言のうちにそう語りかけた。茫然とした面持ちのまま、梨央奈はその場にへたりこんだ。

わたしもひざまずいた。太い幹の陰、さっき兵士を見かけた二方向から隠れられるよう、ふたりで身を寄せあった。

梨央奈は両手で自分の口を塞いだ。頰に大粒の涙を滴らせる。くぐもった声を漏らした。「お母さん。お父さん。帰りたいよ。帰りたい」

鋭くこみあげる感傷が胸を締めつけてくる。ずっと意識しまいとしてきた心の奥底が抉《えぐ》られる、そんな思いだった。わたしはささやきかけた。「梨央奈。黙って。じっとしてて」

「なんで？　こんなところ見つかっちゃう」

「ほかにどうしようもない。行くところもない」

「家に帰りたい。バスは来ないの？」

明日の長距離バスのことだろうか。それなら望みはとっくに潰《つい》えた。いま林の外には、路線バス専用のバス停がある。両親がいる住宅街に向かうバスはどうか。いまさらありえない。駅前ロータリーが処刑場と化した以上は。

梨央奈がつぶやいた。「トイレ行きたい」

「……ここでしとこうよ。ふたりとも」

「やだ。なんで？」

「トイレなんか入れない。わかるでしょ。いまのうち済ませといたほうがいい」

嫌悪の色を浮かべる梨央奈から目を逸らした。そのとき遠くから犬の吠える声がきこえてきた。大型犬にちがいない。兵士が連れてきたのだろうか。

わたしはため息をついた。「済ませたらすぐ場所を移らなくちゃね。においでわかるだろうし」

「どこへ移動すんの」梨央奈はうろたえだした。声量が少しずつ大きくなる。「やだよ」

「きいてよ、梨央奈」わたしは極力小さな声を心がけた。「周りを見て。あいつらは大勢いるけど、この街は広い。手がまわりきってない。ここに来るまでもそうだったでしょ」

「でも……。見つからないように逃げるの？　どこに逃げる？」

そこを問われると困る。答えがわかるはずがない。わたし自身が知りたかった。泣きそうになるのを堪《こら》えながら、わたしは切実にいった。「お願い。とにかく生き延びないと……。ふたりで頑張ろうよ。きっとお母さんやお父さんに会えるから」

15

かなりの時間が過ぎた。スマホを見ると午前十一時十二分だった。まだ正午前か。電波はまったく入らない。ネットももちろんつながらなかった。

わたしは梨央奈とともに、林のなかを慎重に移動していった。最初にいた場所から、木々がより密集する一帯に移った。そこにはかなり長く潜んだ。また動きだしたのは、静寂が持続しているからだ。人の声や靴音、エンジン音などが遠ざかったまま、ずっと途絶えている。

兵士たちの部隊がどれだけの規模かはわからない。区画を次から次へと制圧しながら、市全体を蹂躙するのだろう。支配下に置いた地区には見張りを置くのか。人手が足りなければそれも省かれるかもしれない。ひとりの見張りが、かなり広範囲を受け持つこともありうる。なら監視の目を盗んで動ける可能性もある。

一介の女子高生にすぎないわたしには、それが精いっぱいの推測だった。むろん理路整然と考えられたわけではない。勘と願望が頼りでしかない。線路には列車の走る音がいっさいきこえない。鉄道の運行が途絶えた以上、兵士たちも駅にはもう用はないのではないか。人員はほかに移したほうが有効だろう。そうあってほしい。

熟考しようにも希望的観測から抜けだせなかった。こんなときに働かせられる頭は育っていない。110番通報したい、そんな衝動に駆られては、虚しさを嚙み締める。救いを求められるなど夢想でしかない。どうすればいいのか、答えを見つけようとすればするほど、ありえない手段ばかりが思い浮かぶ。まるで別世界に来てしまった、いまさらながらその事実を痛感する。

木々の隙間に道路が見えるところまで来た。わたしがしゃがむと、梨央奈も同じようにした。

しばらく道路を眺めつづけた。クルマは通りかからない。人の気配もなさそうだ。家がどちらなのか、漠然と見当がつくだけでしかない。しかもそれが正しい保証もない。スマホのマップのアイコンをタップしても、地図も現在地も表示されなかった。電波が入らなくては機能しない。

わたしは小声で梨央奈にきいた。「帰りの道わかる？」

「わかんない」梨央奈がうつむいたままたずねかえした。「スマホのマップは？」

「映らない」

「グーグル？」

「そう」

「オフラインマップってなかったっけ。電波が届かない場所でも使えるやつ」

「なにそれ。どうやんの？」

「左上の、三本の横線があるとこをタップして……。あ、でも」

「なに？」

「前もってダウンロードしとかなきゃいけないんだった。スマホもなくした」

操作せずに一定時間が経ち、画面が自然に暗くなった。わたしはただそれを眺めた。なにも感じない。高校生と中学生の姉妹の会話はこんなものだ。同じように生きてきて、現状を打開する知恵など備わるはずもない。

わたしは腰を浮かせた。「もうちょっと道路に近づいてみる」

「怖いよ」

「ならまってて」

「やだ。一緒に行く」

梨央奈がためらいがちに立ちあがるのをまつ。わたしと梨央奈は静かに歩きだした。一歩進むたび、小枝のない地面を探して踏む。音を立てないよう細心の注意を払った。

道路により近づいてきた。駅の周辺にあたるのだろうが、もともと賑わいとは縁遠い。道幅はわりとある。向こう側にも林がひろがっている。遠くに中折れ屋根が見えていた。家ではなく倉庫かなにかに思える。ようするに住宅密集地からは離れていた。

ふと目にとまるものがあった。手前側の路肩だった。自転車が連なっている。五台か六台ほど、横並びに停めてあった。

いちおう駐輪場かもしれないが、特に設備はないようだ。支柱にチェーンでつながれているようにも見えない。鍵はかかっているのだろうか。ここからではよくわからないが、一台ぐらいは乗りだせるかもしれない。

わたしはつぶやいた。「自転車に乗れれば……」

「お姉ちゃん」

「なに？」

「あのさ……」梨央奈の声はひときわ小さくなった。「生理用品持ってない？」

「……ない。いま必要？」

「できれば早めに……」

ハンカチかタオルがあればいいが、いまポケットのなかにはなにもない。ティッシュすら持ち歩いていなかった。

マスクがとりだされた。わたしはためらいがちに告げた。「とりあえずこれで……」

「だめ。また人が多くいるところに行くかも」

そのとおりだった。わたしはふと思いつき、ポケットの内側を破った。なかに手を突っこむと、中綿ジャケットに詰めこまれた中身がちぎりとれた。最初は小さすぎた。より多くの綿をわしづかみにし、まとめて引きちぎった。

「これ」わたしは綿を差しだした。「使えない？」

梨央奈は浮かない顔をしたものの、そっと手を伸ばした。受けとった綿をポケットにねじこむ。「あとで……。走るとき邪魔になるから」

「自転車には乗れそう？」

「本気で乗るつもり？」

「遠くまで行けそうだし」わたしは前進しようとした。

するとレ央奈がわたしの肩に手をかけた。こわばった顔で別方向に顎をしゃくった。

「あれ見て」

道路の彼方、兵士がひとり手持ち無沙汰そうに立っている。銃を携えるものの、特になにかを狙ってはいない。ただ油断なく周囲に目を配りつづける。

見張りだろうか。あんなところに立っていたのでは、路上にでるなど不可能だ。この木立から身動きがとれない。

いっこうに歩きだそうとしない兵士に、わたしは畏怖《いふ》ばかりでなく、苛立ちをおぼえだした。こうしているうちに、また大勢の部隊が戻ってきたらどうする。一か所に留まったままなのは、職務をサボっているからか。もっとこまめに巡回すべきだろう。

そう思っていると、荒々しいエンジン音が近づいてきた。幌《ほろ》の荷台のトラックだった。深緑色に塗られた車体は無骨きわまりない。わたしの目にも軍用だとわかった。

トラックは兵士の前で停まった。ドライバーも迷彩服を着ている。兵士を見下ろし、なにか話しかけた。すると兵士は声をあげて笑った。ふたりは談笑を始めた。

やがて兵士はトラックの後方にまわり、荷台に乗りこんだ。通りかかったトラックを足代わりにしたのだろうか。それとも最初からトラックをまっていたのか、真相はわからない。とにかく兵士を乗せたトラックが徐行しだした。荷台に乗員がいるからだろう、さっきよりは速度を落とし運転している。わたしたちの目の前をトラックが横切っていった。

　やがてトラックは遠ざかった。付近はまた静寂に包まれた。ただし無音ではなかった。遠雷のような轟音は響いてくる。どこかで殺戮《さつりく》がつづいている。住宅街から離れたこの辺りは、もう警戒の必要がなくなった。そんな判断が下ったのだろうか。

自転車を確保したい。わたしは道路に向かいだした。「行ってくる」

　梨央奈が涙声で呼びとめた。「お姉ちゃん……」

「ここでまってて」

　とぼとぼふたりで歩いて、両親のいる家まで帰れるとは思えない。自転車は必要だ。わたしは林の出口ぎりぎりに立った。見える範囲の路上に人影はない。意を決し木立から道路へと踏みだした。

　まず自転車とは逆方向に目を走らせる。兵士はいなかった。けれどもさっきまでの視野が、いかに限定されていたかがわかった。百メートルほど先の路面には、市民の死体が累々と横たわっている。

　思わず震える声で呻いた。そちらに背を向ける。自転車が置かれているほうをめざした。行く手のはるか先にも、やはり死体が見てとれる。路上に溢れた血に陽光が反射し、ほのかに輝いていた。のどかに見える田舎道にそぐわない、悪夢のような景色だった。わたしの歩調は自然に速くなった。小走りに自転車に向かいつつ、いま恐ろしく大胆な行動をとっている、そう自覚した。はるか遠くからでも一目瞭然だ。でもここまで来て引きかえせない。

生きた心地などしない。人が殺される場に何度も居合わせた。凄絶な瞬間ばかりだった。自分の半分は死んだ。脳もたぶん半分しか機能していない。だから考えも浅はかで幼稚だ。行き当たりばったり、衝動的に行動する。いまもそうだ。いつ撃たれるかわからない。撃たれるならさっさと撃たれたい。だが怖い。なにも起きないのならそれに越したことはない。そうあってほしい。

混乱した思考と感情が交錯する。激しい動悸《どうき》とともに、数台の自転車に達した。どこでも見かけるような普通の自転車ばかりだ。路肩に直径三十センチぐらいの鉄製コイルが横たわり、その隙間に一台ずつ、前輪が嵌《は》めこまれている。コイルは動かないよう路面に打ちつけてあった。いちおうサイクルスタンドらしい。

前輪とコイルがチェーンでつないである。心が果てしなく沈みこんだ。しかしつながれていない自転車もあった。二台、いや三台。どれも大きめだがペダルを漕げないことはない。

ただし問題があった。後輪の荷台がない。自転車を一台拝借し、梨央奈のもとに戻ったとしても、乗せられる場所がない。

そう思ったとき、かすれた声が耳もとでささやいた。「お姉ちゃん」

びくっとして振りかえった。梨央奈はすぐ後ろに立っていた。わたしの反応に、梨央奈のほうが驚いた顔をしている。どうやらずっと一緒についてきていたようだ。わたしが気づかずにいたこと自体、梨央奈は知らなかったらしい。

路上に身を晒してはいられない。ふたりともそれぞれ自転車を引っぱりだした。ひっかかったり金属のぶつかる音が響いたりするたび、苛立ちと焦燥が募った。梨央奈が先に自転車にまたがった。わずかに車体を傾けることで片足が路面につく。わたしも似たようなありさまだった。ふたりは自転車を漕ぎだした。

向かい風を浴びながら疾走する。なんとも奇妙なことに、怖いもの知らずな感覚に包まれていった。自分の足で駆けまわるより、ずっと安全な気がする。冷静に考えればそんなはずはない。しかしわたしは多少なりとも、力を得たような実感をおぼえていた。この辺りでは物音が途絶えている、それが大きいかもしれない。ふたたび部隊が戻ってくる前に、どこか安全な場所を探しだす。あちこちを巡っている余裕はない。すみやかに身を潜めねばならない。

空が広かった。高い建物がないせいだ。道路沿いは木立と電柱ばかり、ときおり落書きだらけの煉瓦塀の前を通過する。角ごとに建物が点在するものの、たいてい手作りの店舗に改装されている。倉庫の外壁を黄色く塗ったり、古い家屋に汎用のドアを嵌めたり、どの店先も素朴そのものだった。市の中心部ですら田舎の風情が漂うが、ここはもっとそういえる。トタン板でできた平屋に看板が掲げてあった。いまは敷地内はがらんとしているが、ふだんはなんらかの催し場だったらしい。わたしの実家近くにあった鮮魚店や、野菜直売所を連想させる。

ここは幹線道路だったようだ。路面がでこぼこしている。ふだんはクルマの通行も多かったと考えられる。いまはただ静けさが漂う。だが優雅なサイクリングにはほど遠かった。ときおり死体が転がっているのを見かける。わたしも梨央奈も黙って通り過ぎた。

この辺りの建物は無傷に近いが、敷地への車両出入口に、有刺鉄線が張りめぐらされている。とても乗り越えて侵入する気にはなれない。なかになにがまっているかもさだかではない。

両親のもとに戻りたいという願いと、このまま行けば市街地から遠く離れられるという望みが、心のなかで葛藤《かっとう》する。市の中心部など通りたくもない。大きく迂回する道はないのだろうか。

そんなふうに考えていると、周りに四階や五階建てのビルが増えだした。まずいとわたしは思った。市街地をあとにしたつもりが、むしろ近づいているのではないか。

十字路に差しかかるや、急に肝が冷えた。視界の端に兵士らの一群をとらえた。瓦礫が散らばる路上に、部隊がバリケードを築くさまを、至近距離でまのあたりにした。

一瞬で通り過ぎた。兵士たちは作業に没頭していて、こちらに注意を向けたようには見えなかった。走行音はさして響かなかった。けれども通過したあと、兵士らが反応したかもしれない。

行く手は一本道だったが、このまま走りつづけるのは無謀に思えた。急停車はブレーキ音を生じさせる。わたしは冷や汗をかきながらも、自然な減速を心がけた。幸いにも梨央奈はわたしに倣ってくれた。二台の自転車はほとんど音を立てず、しだいに徐行に転じ、やがて停車した。

わたしは自転車を降りた。道の片側には建物の煉瓦壁がつづいている。だがその途中に、人が通れる幅の隙間を見つけた。二棟の同じ外観の建物の谷間だった。わたしは自転車を壁に立てかけた。梨央奈もそのようにしたが、ぐらついた自転車が横倒しになった。またしても肝が潰れた。静寂のなかに騒音が響いた。瞬時に恐怖にとらわれる。わたしと梨央奈は建物の隙間に逃げこんだ。

狭く薄汚い通路だった。足もとはコンクリートで固めてあるが、陥没した箇所に水が溜まり、苔《こけ》も生えていた。生ゴミのにおいが漂う。ポリ袋や木箱、段ボール箱が放置されていた。

梨央奈が息を切らしながらささやいた。「見つかった？」

「さあ」わたしも呼吸が苦しくなり、咳きこみそうになった。「わかんない……。こっち見てた人がいたかどうか」

ふたりのせわしない息づかいが通路にこだました。路上に自転車を倒れたまま放置すべきではない。わかっていても、いまこの通路をでるわけにいかない。路上に姿をさらすなど、あまりに無謀な行為だ。

男たちの怒号に似た声がきこえてくる。わたしは文字どおり震えあがった。梨央奈も不安げに目を瞬《しばた》かせている。大勢の靴音が路上を接近しつつある。距離が詰まるにつれ、集団の発声がどんどん大きくなる。

横倒しの自転車はこの通路の入口付近にある。部隊が追ってきたのなら、居場所を知らせているようなものだ。

寒気が全身を包みこんだ。わたしは突き動かされるように駆けだした。梨央奈の手を引き、薄暗い通路を奥へと走った。通路といっても正確には、二棟の建物の谷間でしかない。まっすぐの一本道のため隠れられる場所もない。倒れた自転車に着目したなら、兵士たちはこの通路を覗きこむだろう。わたしと梨央奈は容易に見つかってしまう。

わたしは頭上を仰いだ。空が一本の帯に切りとられていた。その見るからに狭い幅を、いまわたしたちは逃げ惑っている。機関銃の掃射を受けたらひとたまりもない。

顎が上がったまま全力疾走するうち、視界に異物が飛びこんできた。防犯カメラだった。高さ三メートルほどの空中、片側の壁から水平に伸びた鉄棒の先。防水カバーのカメラが俯角《ふかく》に設置されている。レンズはしっかりこちらを向いていた。

心臓がとまりそうになった。全身の血管が凍りつくほどに冷えきる。監視の目に捕《ほ》捉《そく》されたかもしれない。

いきなり近くで弾けるような音がした。わたしと梨央奈は揃ってびくついた。だが銃声にしては小さかった。解錠の音だと気づいた。わきの煉瓦壁に違和感なく溶けこむ、赤く錆《さ》びついた鉄製の扉が、重苦しい音とともに開いた。

扉の陰から棒状の物が何本か突きだした。ライフルやショットガンの銃身だった。わたしはすくみあがった。髭面の白人男性がふたり、碧眼《へきがん》をぎらつかせ、わたしたちを見つめる。さらにもうひとり、黒目がちの男性も、同じように身を乗りだした。その手にもやはり銃が握られている。

髭の男のひとりが、もうひとりになにか喋った。黒目がちな男は、暗い室内を振りかえり、鋭くささやいた。

銃口はいずれもわたしたちに向けられていない。男性たちは迷彩服でなく私服姿だった。そのことにわたしはようやく気づいた。手の甲のタトゥーや、伸び放題の指節毛がなんとなく怖い。しかしみな兵士ではないようだ。

眼鏡をかけた中年の婦人が顔をのぞかせた。連れ添うように白人少女の怯えた面持ちも現れた。小さな身体にフィットする、ピンク色のダウンジャケット。見覚えがあるとわたしは直感した。少女も目を丸くした。

カミラ・アンデ、十四歳のドイツ人。学校の外国人クラスの同級生、スクールバスではいつも一緒だった。親しかったわけではない。それでも互いに顔は記憶していた。梨央奈もかすかに驚きの声を発した。

興奮したようすのカミラが、わたしと梨央奈を指さし、なにか婦人にうったえた。ウクライナ語でも英語でもない、おそらくドイツ語だろう。婦人はあわてぎみに静寂をうながした。カミラが困惑顔で口をつぐんだ。

銃を手にした男性たちが手招きをする。梨央奈が戸惑いをしめしている。わたしはいま来た方角を振りかえった。狭い通路の外の道路には、まだ人影が見あたらない。だが複数の靴音と怒鳴り声が響いてくる。兵士たちがいまにも姿を現しそうだ。鳥肌が立った。わたしは梨央奈とともにドアに駆けこんだ。

内部は暗かった。背後でドアが閉じられる。施錠にはそれなりに大きな音がした。兵士らに気づかれていないことを祈るしかなかった。

暗がりのなか耳に届くのは、軽いエンジン音に似た響きだった。油のにおいも鼻をつく。ドアのすぐ近くの床で、小さな機械が絶えず唸っている。福島にいたとき、農家の見学で目にしたことがある。携帯式の小型発電機だった。機械から伸びる配線のうち数本が、手近なモニターにつながれていた。そのモニターは点灯中で、画面にさっきの通路が俯瞰《ふかん》で映っている。

ほかの配線は雑に天井を這っていた。裸電球が三つほど、かなり広い空間に分散して吊り下がっている。どれも光量に乏しい。まるでロウソクのように、辺りをぼんやりと照らすにすぎない。いま街は停電しているようだ。これは自家発電だろう。

スーパーマーケットの店内だとわかる。規模はごく小さく、日本のコンビニよりわずかに面積があった。出入口にはシャッターが下り、窓もすべて鉄製の雨戸に塞がれている。隙間から射しこむ陽光が、白線のように窓枠を縁取っている。闇のなかには大勢の人々がひしめきあっていた。販売棚の谷間に群衆が潜んでいる。大半は真っ黒な人影でしかない。電球の近くの顔しか視認できない。それもぼうっと浮かぶていどだった。みな白人のようだ。過密状態にちがいないが、誰もマスクをしていない。見える範囲の全員が、固唾を呑むようにこちらを凝視してくる。

付近の住民たちにちがいない。銃を手にしている男性らも軍人ではないのだろう。この国で銃の所持が許可されているかどうか、わたしはそれすら知らなかった。

ひとつだけ明確なことがある。わたしと梨央奈は救われた。ドアのほうを振りかえり、わたしは感謝を伝えようとした。「あのう……」。「デャークユ」

銃を持った男性たちが睨みつけてくる。探るような目つきだった。さも不審そうにようすをうかがっている。わたしは当惑を深めた。この反応はなにを意味するのだろう。

するとカミラが、より現地語に近い自然な発音で、男性たちにささやいた。「ディャークユ」

男性らの顔から氷が溶け去ったように見えた。ふいに緊張が和らいだ。みなゆっくりした足どりで散っていく。黒目がちな男性だけが去りぎわに、プローシューと無表情につぶやいた。どういたしましてという意味だった。さっきわたしが口にした感謝の言葉は、ただ伝わらなかっただけのようだ。

目が少しずつ暗がりに慣れてきた。カミラは眼鏡の婦人と寄り添っていた。その婦人を指ししめし、カミラはぼそぼそと告げてきた。ママという言葉が含まれていた。いちおうそこを強調して発音してくれたらしい。

わたしはカミラに英語できいた。「ユア・マザー？」

婦人のほうがうなずいた。そういえば目もとがカミラに似ている。わたしはカミラがうらやましかった。母親と一緒にいる。ほかの事情はわからなくても、ただそれだけで恵まれている。

男性がひとり近づいてきた。さっきの三人とは別の、もっと若い青年、いや少年だった。距離が詰まってから知り合いだと気づいた。やはりクラスメイトだ。十八歳のフィンランド人、イージョ・アーリラ。日本人からすれば背が高いうえ、黒っぽい防寒着をまとっているせいで、かなり大人っぽく見える。

顔は知っているものの、やはり深く交流があったわけではない。わたしはぎこちない反応しかしめせなかった。梨央奈とともに軽くおじぎをしたが、挨拶として認識されたかどうかは微妙だった。

イージョはペットボトルを二本差しだした。店の売り物のミネラルウォーターらしい。フィンランド語のありがとうはわからない。サンキューと告げるしかなかった。

急に喉の渇きを意識した。わたしはペットボトルの蓋を開け、水を口にふくんだ。停電で冷蔵庫は機能していないだろうが、この気温の低さのせいだろう、充分に冷たかった。わたしはペットボトルを呷った。ぐいぐいと夢中で飲んだ。梨央奈もペットボトルの底を急角度に上昇させ、一気に飲み干した。

わたしは静寂を破らないよう、自制しながらため息を漏らした。水がこんなに美味しいと思ったのは初めてだ。

イージョが両手で銃を構えるようなしぐさをし、深刻な表情でささやいた。ヴェナライセットといったように思えた。

意味がわからず途方に暮れた。するとカミラの母親が、チラシのような紙を手渡してきた。印刷を指さし、小声で告げてきた。ロースン。ロシアンズ。

ロシア人といっているのか。攻めてきた兵士たちのことだろう。イージョがペンライトを近づけてきた。チラシを見るように勧めている。

表題はウクライナ語のようだが、ほかにもさまざまな言語の文面が掲載されていた。英語だけあるていど意味が読みとれる。

わがウクライナの兄弟姉妹たちへ。偉大なるロシアとウクライナは常に共存してきた。われわれが戦うのはウクライナの民衆でなく、災厄をもたらすファシストたちだ。

そんなことが記してあった。侵攻してきた部隊が撒《ま》いたビラだろう。

政治的な意図はよくわからない。わたしはただ慄然とした。あの兵士らはやはりロシア軍だった。ロシアとウクライナの戦争が始まったのか。

ふいに別の男性が緊迫した声を響かせた。イージョがペンライトの光を消した。周りの人影がいっせいにしゃがみこむ。カミラと母親も同調していた。イージョがなにやらささやいてくる。わたしたちにもそうしろといっているらしい。

当惑しつつもわたしは梨央奈とともにしゃがんだ。高齢の婦人が指で十字を切っている。男性のひとりが発電機をいじり、エンジン音をとめた。モニターも裸電球も消灯した。視界は真っ暗になった。

厳密には窓枠から外光が射しこんでいる。その光が遮られては元に戻った。表通りを大勢が通過したとわかる。集団の靴音がせわしなく響く。装備品らしき金属音をともなっている。兵士たちだ。建物の周りに群がってきた。

店内の暗がりを、男性ら数人が足をしのばせ、窓辺に近づいていく。銃を持った男性は三人だけではなかった。おぼろに浮かぶシルエットは十人以上、みなショットガンやライフルで武装している。

わたしは怖くなり、手で両耳をふさいだ。目をつむっては、すぐに状況が気になり、また闇のなかを見まわした。

けさロシア軍は次々に店を襲い、こぞって略奪を働いていた。ここもそうなりうるのではないか。スーパーマーケットに立て籠もったのでは、かえって標的にされやすい。そう思うと気が気でなくなる。だが警告しようにも言葉が通じない。

外から声がきこえてくる。ロシア語らしき言語が命令口調で飛び交う。正面のシャッターだけではない、さっきの通路のほうからも話し声や靴音が響いてきた。まさか包囲されつつあるのか。

唐突にシャッターを激しく叩く音が反響した。闇に潜む全員がびくっとする。母親に寄り添うカミラが、口もとを手で押さえた。わたしもそれに倣った。声をだすわけにいかない。

てのひらが唇に触れたとき、マスクをしていないと気づいた。ポケットからマスクを引っぱりだす。指先の震えがおさまらない。それでもなんとかマスクをした。梨央奈に目を向ける。しばし梨央奈は無言で見かえし、ふと我にかえったようにマスクをとりだした。わたしと同じように、梨央奈もマスクを身につけた。

震えが身体全体にひろがっていく。自分では抑制がきかなくなる。脈拍の亢進をどうにもできない。梨央奈が身を寄せてきた。やはり梨央奈も小刻みに震えている。

騒音が激しくなった。兵士たちはシャッターだけでなく、そこかしこの雨戸も叩き始めた。突入する気かもしれない。店内では男性らが、窓の内側を銃で狙い澄ましている。

耳にあてたてのひらに汗が滲《にじ》みだした。いまマスクをしたのは賢明でなかったかもしれない。息苦しくてたまらなくなる。

だしぬけに銃声が轟いた。わたしは息を呑んだ。だがあの落雷のようなけたたましさはなかった。建物の外、しかもわりと遠方だとわかる。至近距離の発砲なら、このていどの音量に抑えられるはずがない。

建物を包囲するロシア兵たちが、いっせいに沈黙したのがわかる。シャッターや雨戸を叩く音が途絶えた。なおも遠くで銃撃音が鳴り響きつづける。

ロシア語の命令口調が、ひときわ緊迫の響きを帯びだした。集団の靴音があわただしくこだまする。だがそれは徐々に小さくなっていった。怒鳴りあう声もしだいに遠ざかる。通路側からも物音がきこえなくなった。

耳に届くのは遠方の銃声ばかりだった。店内で男性たちが腰を浮かせ、ゆっくりと最寄りの窓辺に寄る。雨戸と窓枠の隙間から外を覗く。それぞれが合図のような小声を発した。

周辺の安全が確認されたらしい。発電機のエンジン音が再始動し、裸電球がぼんやりと灯った。薄明かりのなか人々が立ちあがりだした。みな憔悴したようすがうかがえる。それでも安堵のため息があちこちからきこえる。

わたしも身体を起こした。梨央奈に手を差し伸べた。梨央奈はほっとしたようすで手を握り、さもしんどそうに腰を浮かせた。

ここと同じように住民らが潜む拠点が、市内のいたるところにあるのかもしれない。どこかが襲われそうになれば、ほかが発砲して騒ぎを起こし、ロシア軍を引きつける段取りか。隠れ家はどこも持ちつ持たれつの関係と思われた。

近くの床に大きな看板が二枚横たえられていた。このスーパーマーケットの店頭、外壁に掲げられていた物にちがいない。

ロシア軍の侵攻を受け、ただちに看板を外したのだろう。略奪を避けると同時に、住民の隠れ家にするためだ。さっきロシア軍が建物を包囲したのは、片っ端から内部をたしかめようとする、その一環にすぎなかったようだ。

ここの住民は戦争に備え、あらかじめ対策を練っておいたらしい。平和な田舎にしか見えなかったが、いつかはこんなことが起きると予想済みだったのか。津波に備える沿岸の街のようなものだろうか。

カミラが梨央奈になにか問いかけた。あいかわらず言葉はわからない。

梨央奈は涙目でささやいた。「アイ・ウォント・トゥ……。ゴー・ホーム」

するとカミラは真顔で梨央奈を見つめた。あきらめたような声の響きで、ぼそりとつぶやいた。「ミートゥー」

それっきりカミラと母親は立ち去っていった。なぜか人々は集団移動を始め、店内で位置を変えている。みな時計まわりに歩いていた。

イージョが歩くよううながしてきた。わたしと梨央奈はそれに従った。販売棚の谷間を通り、数メートルを歩いたころ、周りが足をとめた。

「なに?」梨央奈が小声できいた。

「わかんないけど……」わたしは思いつくままにいった。「定期的に場所を変えてるとか?」

公平さを保つためならそれもありうる。撃たれやすい窓の近くにいたくはない、誰もがそう思う。だからローテーションがある。やはり住民らはふだんから、有事にとるべき行動をきめていた。

新たな居場所で、住民らはしゃがんだりせず、ただ立ちつづけた。これも規則なのだろう。わたしは直立姿勢のままうつむいた。ため息が漏れる。きょういままで起きたことが信じられない。

「お姉ちゃん」梨央奈の憂いに満ちたまなざしが見つめてきた。「お母さんは無事かな？　お父さんも……」

わかるわけがない。わたしは首を横に振った。「わたしにきかれても」

「……日本に帰れるの？」

「さあ」ただ心が鬱する。わたしはつぶやくしかなかった。「たぶん誰にきいても、答えなんかかえってこない」

16

スーパーマーケットの店内は、いまや真っ暗だった。わたしと梨央奈は息を殺し、大勢の人々とともに、冷たい床に座りこんでいた。少し前にそう指示されたからだ。

そっとスマホの画面を灯す。時刻をたしかめてすぐ消灯する。午後六時七分だった。バッテリーの残量が気になる。表示によれば近いうち切れてしまう。

シャッターや雨戸と枠の隙間に、もう線状に浮かぶ陽射しは見えない。日没を迎えていた。夜になっても裸電球が点《つ》いていれば、内部から明かりが漏れるため、外にいるロシア軍に気づかれる。消灯したのはそのためだろう。

半日をここで過ごした。すでに何日も息を潜めているように思える。閉めきった場所に大勢がひしめきあっている。空気が薄いのか、ぼうっとするうち、意識が朦朧《もうろう》としてくる。

トイレに行きたいような、そうでもないような気がする。さっき行ってきた梨央奈によれば、断水のせいで流せないので、ひどく汚くなっているという。わたしがポケット内からちぎった綿を、梨央奈は有効活用したらしい。昼間よりは落ち着きを取り戻している。

こうしてじっとしていられるだけでも奇跡だ。いちおう適応できていることが信じられない。けれども耐えられるかどうかは別の問題だった。いつ取り乱すともかぎらない。そんな自分が不安で仕方なくなる。

学校の授業で習った、過去の日本の戦争被害は、ただの知識でしかない。ずっとそんな認識だった。覚えるのは受験に必要になる箇所だけだ。学童疎開や沖縄戦、学徒勤労動員、空襲。どれも歴史上のできごととして、ただ記憶するに留めた。小学生のうちから、戦時の悲惨な状況を伝えられるが、あれは逆効果かもしれない。あまりの苛酷《かこく》さに心を閉ざし、想像を働かせないのが常になるからだ。

授業で観た動画を思いだす。かなり高齢のおばあさんが、沖縄で起きたことについて語っていた。その映像自体が二十年以上も前の撮影だという。衝撃的なできごとを辛そうに語る姿が、気の毒に思えてならなかった。本人も話したくないにちがいない。誰も幸せにならないのに、なぜこのような映像記録が必要なのだろうか。わたしはそのとき疑問に思った。

だがいまになってわかる。震災と同じだった。いつでも起こりうることだ。戦争は過去になっていない。ずっと地上のどこかでつづいている。ここの人々はこんな事態を想定し、以前から備えてきた。

とはいえ覚悟をきめていたわけではなさそうだ。あちこちから嗚咽が漏れきこえてくる。幼児が泣きだすたび母親があやす。十字を切るしぐさをよく見かける。祈りらしき言葉も絶えず耳に届く。

津波が起きたら高台に避難する、そう教育されてきたからには、なにをすべきか頭ではわかっている。理性が働くうちは対処もできる。しかし津波の発生をまち望んでいるわけではない。けっして歓迎できない。その日が来るかもしれないという事実を、心から受容できるはずもない。そうなってしまったのちも、悪い夢なら覚めてほしいと願う。ここの住民たちも同じ心境だろう。

長いこと梨央奈の荒い息づかいをきいている。マスクのせいで自然にそうなる。わたしの呼吸も耳障りにちがいない。姉妹が互いに生存を実感しあう。ときおり手をつないでは、やがて汗にぬめりだし、また放してしまう。不安と不快感が交互にやってくる。

「お姉ちゃん」梨央奈が物憂げにささやいた。「なんだか静かだね」

たしかに外からの物音は、しばらく途絶えている。わたしは同意した。「そうだね」

「安心できない。けさ家の前でも、こんなふうに静かだったし」

用心したからといって、自分たちにできることはなにもない。わたしはただ思いを口にした。「顔洗いたいな」

「わたしも。お風呂にも入りたい。もっと安全なところへ行ってから」

「ここじゃとてもそんな気になれない」

「ねえ、お姉ちゃん」梨央奈の声が小さくなった。「ひょっとして死ぬのかな。ひょっとしなくても」

「まだ生きてる」

「知ってるけど。これからの話」

きかれても困る。怖さに泣きたくなるのを、ただ我慢してきた。その忍耐が崩れそうになる。わたしは震える声でうったえた。「もう。そんな話しないで」

「……お姉ちゃん」梨央奈がうつむいたまま、つぶやきを漏らした。「寒いよ」

わたしは梨央奈の肩を抱いた。中綿ジャケットの上から、そっと上腕をさする。梨央奈も身を寄せてきた。

「お姉ちゃん」梨央奈がきいた。「なんでこんな目にばっかり遭うの」

「戦争だからでしょ」

「きょうだけじゃなくてさ。小さかったころは津波。コロナ禍。いまはここにいる」

「小さかったころって、津波はおぼえてないでしょ」

「知らないまま育ちたかった。なんべんもなんべんもニュースが伝えるし、学校とかでも教えよう教えようとしてくるから」

「嫌でも知っとかなきゃいけないこともあるよ……」

前にいた女性が振りかえった。暗がりのなか、咎めるほどの険しい表情ではないのが見てとれる。それでも女性は静かにするよう、そっと手振りでしめしてきた。

わたしは頭をさげた。梨央奈もそうした。それが詫びのしぐさとして受けとられたかどうか、やはりわからない。うなずいただけと解釈されたかもしれない。それでも女性は前に向き直った。

梨央奈の声は、けっして叱られないぐらい、か細く小さくなった。「死にたくない」

「わたしも」わたしもできるだけ小声で応じた。

耐えがたい静寂がなおも継続する。たしかに寒いとわたしは感じた。床の冷たさに体温が奪われている。尻を床につけていたが、そっと浮かせた。梨央奈にもそうするよう勧めるべきか迷う。腰を下ろしていたほうが楽だ。けれども寒さがまぎれるほうが、好ましいとも感じられる。

「梨央奈」わたしはささやきかけた。「いちど腰を浮かせて……」

突如として白昼のような輝きに照らしだされた。不意打ちゆえ現実感がない。だが一瞬のうちに理解が追いついた。閃光だ。壁の高いところを走る配管が破断し、けたたましいノイズとともに、水蒸気が勢いよく噴出しだした。静電気か漏電か、配線にも青い稲妻が縦横に駆けめぐる。壁じゅうを覆う毛細血管のような亀裂が、真っ赤に染まったかと思うと、直後に激しい爆発を引き起こした。すさまじい轟音とともに熱風が店内に押し寄せる。頭上に火球が膨れあがるのを、わたしはまのあたりにした。

悲鳴がいっせいに響き渡った。誰もが立ちあがるや逃げ惑いだした。炎が揺らぎ、火の粉が飛ぶなか、店内はパニック状態と化した。わたしは梨央奈と強く抱き締めあった。立ちあがろうとしても、周りから無数の人影がぶつかってくる。ふたりは何度となく転倒させられた。もがきながら販売棚をつかみ、なんとか身体を引き上げる。梨央奈に手を伸ばそうとした。しかし梨央奈の姿が見えない。床を這う群衆に埋もれてしまっている。

焦燥に駆られる。わたしは呼びかけた。「梨央奈！」

返事がない。わたしのなかに動揺がひろがったとき、壁面がつづけざまに砕け散り、大規模な爆発が連続した。瞬時に発生した強烈な衝撃波が、店内の空気を揺るがし、無数の瓦礫を吹き飛ばしてくる。わたしは販売棚の陰に伏せたが、大小さまざまな破片がぶつかってきた。殴打を受けるも同然に叩き伏せられた。太い火柱が立ちのぼり、至近の人々を呑みこんでいく。高熱を帯びた突風が吹き荒れ、大勢の絶叫がこだました。さまざまな物質が焼け焦げる、不快きわまりない悪臭が充満しだした。わたしは激しくむせた。

迫り来る炎の壁から群衆が大挙して逃げだした。わたしもそのなかに加わらざるをえなかった。爆発にともなう火炎に追い詰められそうになる。だが火球の水平方向への膨張は限界に達し、上方へと燃えあがった。全身を焼き尽くすかに思えた熱さは、失われた天井から夜空に抜けていった。

だしぬけに銃撃音が耳をつんざいた。崩落した壁の向こうに、夜の市街地が見えている。暗闇に銃火が連続し閃いた。苦痛の呻き声が連鎖し、ばたばたと人々が倒れていった。

銃弾の嵐が襲ってくる。甲高い悲鳴が響き渡り、群衆は大混乱となった。わたしは急流に押し流されるも同然に、避難する人々の波に呑まれた。転倒する隙間すらない。なおも機関銃の乾いた掃射音が鳴り響いた。複数の絶叫が間近に迫った。被弾が近い。人混みのなかに埋もれながらも、顔に赤い雨が降り注いでくる。血飛沫を浴びたのは、むろんわたしだけではない。集団のパニックに拍車がかかった。

もはや避難というより暴動に等しいありさまだった。押し合いへし合いどころではない。周りが振りかざす腕や肘《ひじ》がわたしの顔面を直撃した。ウクライナ人の脚が長いせいか、わたしの腹や背は執拗《しつよう》な膝蹴《ひざげ》りを受けた。つんのめりそうになったが、前にいる人間の背にぶつかり、逃げ場もなくなる。まるで袋叩きにされるようなありさまだ。

むろん周りの人々にそんな意思はないだろうが、わたしは殴る蹴るの暴行を受けたも同然だった。唐突に混雑が緩和しだしたとき、わたしはよろめき、その場に両膝をついた。

痛みを堪えながら悟った。床ではない。足もとは瓦礫の山だった。そういえば外気が吹きつけている。夜のせいでわからなかったが、いつの間にか屋外に押しだされていた。

ここは道路だとわかった。気づけば視野が赤く揺らぐ光に照らされ、絶えず明滅している。陽炎《かげろう》が立ちのぼる。汗ばんでくるほどの暑さだ。わたしは頭上を仰ぎ見た。

思わず慄然とした。四階か五階建てが軒並み崩落し、激しく燃え盛っている。それだけではない。夜空から光点が降ってくる。火の玉だとわかった。まっすぐに勢いよく飛来し、まだほぼ無傷の建物を、隕石《いんせき》のように直撃した。

白光に目が眩《くら》んだ。とてつもない轟音が執拗に鼓膜を破ろうとする。竜巻が吹き荒れ、わたしの身体は舞いあがった。建造物が粉々に砕け散り、爆風が横殴りに襲う。

直後に大量の瓦礫が降り注いだ。

耳鳴りに聴覚が籠もる。黒煙や砂埃でなにも見えなくなった。大小のコンクリートの塊や、無数の煉瓦片に埋もれなかっただけでも幸いだ。わたしは瓦礫の山の斜面を転げ落ちた。身体を静止できない。回転がいつ果てるともなくつづいた。だがやがて勾配《こうばい》が緩くなり、凹凸も激しくなった。わたしは暗がりのなかに突っ伏した。

目がまわった。嘔吐の衝動に駆られる。舌に胃液の味を感じた。わたしは激痛を堪え、かろうじて上半身を瓦礫から浮かせた。

光点はなおも連続して降り注いでくる。地震に似た縦揺れが襲うたび、灼熱《しやくねつ》の烈風が吹き荒れる。市街地に火の海がひろがる。あれがミサイルというものか、あるいはもっと近くから発射された砲弾か。信じられないことに夜空を飛んでくるさまがはっきり見える。無差別攻撃だった。爆発の炎は建物のみならず、路上を逃げる人々をも巻き添えにしている。

耳が籠もっていても銃声はきこえる。わたしは振りかえった。道幅いっぱいにひろがった軍勢が進撃してくる。ロシア軍だった。目の高さに構えたアサルトライフルを掃射し、逃亡中の群衆を薙《な》ぎ倒していく。女性だろうと子供だろうと見境なく銃撃しつづける。

わたしは跳ね起きた。電気が走るような痛みに、全身の感覚が麻痺《まひ》しかけたものの、無理にでも立ちあがった。周りの人々と同じく逃走しだした。わたしはいつしか声をあげ泣いていた。泣きながらただひたすら駆けていった。噴煙と砂埃による濃霧は、いくらか晴れてきた。視野がひろがってもなお、涙に光が揺らぐばかりでしかない。また建物のひとつが吹き飛んだ。土砂が噴火のごとく撒き散らされる。わたしはいっそう大声で泣きわめいた。爆風の嵐のなか、ふらつきながらも死にものぐるいで走り、瓦礫の山を乗り越えていった。

ずいぶん遠くにあがった火の手までが見渡せる。それだけ多くの建物が破壊されたことを意味する。もはやかつて巡ったブチャ市の景観は、どこにも残っていない。地平線の彼方まで、真っ赤に燃え盛る炎が舐《な》め尽くす。

道端にへたりこむ白人女性がいた。わたしと同じように泣きじゃくっている。横たわる黒焦げの上半身が、瓦礫のなかからのぞいていた。女性はその手をとり、周りに救出をうったえている。ふたり連れの男性が駆け寄り、女性に逃げるようようながした。焼けただれた誰かの死を、女性は受けいれられずにいた。

わたしは走りつづけた。逃げ惑う群衆の流れに逆らうことは不可能だった。歩を緩めれば後続の人々がぶつかってくる。たちまち将棋倒しになるだろう。実際あちこちで集団が突っ伏しては、局所的に混乱を引き起こしていた。巻きこまれたら抜けだせない。そうなったら終わりだ。銃撃音が徐々に後方から距離を詰めつつある。

男性の呼びかけるような声を耳にした。わたしは視界の端にその男性をとらえた。防寒着姿の民間人だが、ライフルを片手に高々と掲げている。もう一方の手は地面を指さしていた。

いま足をとめるのは得策ではない。周りの誰もが立ちどまらずにいる。それでもわたしはいったん道端に逃れた。瓦礫の堆積《たいせき》した小山に登り、遠目に男性を観察しだした。男性は道路の反対側にいる。

息が切れていた。マスクを外し片耳にぶらさげる。横っ腹がずきずきと痛む。手でさすることしかできなかった。

休むことを選んだのは、逃走に限界を感じたからだ。歩が緩みそうになっていた。そのうち足がもつれ転倒したかもしれない。男性がなにを呼びかけているかわからないが、救いの道があるならすがりたい。

爆発音や銃撃音が鳴り響き、男性の声はほとんど掻き消されていた。しかし男性はその場を動かず、地面を指ししめし、なおも怒鳴りつづける。周りになにかをうったえようとしているのはあきらかだ。

唐突に広範囲が明るく照らしだされた。一拍置き、至近に爆発音が轟いた。群衆がどよめき、集団の逃走がまたも激しく混乱しだした。爆風が押し寄せる寸前、わたしの目にもくだんの男性の足もとが確認できた。

そこは半壊状態の建物の外側だった。地面に観音開きの扉が、ほぼ水平に設置され、いまは開放されている。地下への階段が見てとれた。男性がしきりに指さすのはその階段だった。

猛烈な爆風が襲った。人々が両手で頭を抱え、いっせいに姿勢を低くする。わたしも瓦礫の上でしゃがんだ。飛んできた無数の土塊が、全身にぶつかっては弾ける。わたしは耐えしのいだ。恐ろしいことに、生命の危険を感じる爆発との差を、いつしか体感できるようになっていた。温度が大きく異なる。至近距離の爆発ほど熱くなかった。

数人が階段に駆けこんでいくのをわたしは目にした。迷いは数秒だった。わたしは瓦礫の山を下り、階段をめざした。逃走する人々の流れのなかを横断せねばならない。突っ切るのは至難の業だった。

ふいに小さな人影がしがみついてきた。「お姉ちゃん!」

わたしははっとした。目の前に砂まみれの梨央奈の顔があった。マスクは顎にかけている。擦り傷だらけだったが、きっとわたしの顔も似たような状態にちがいなかった。

歓喜か悲哀か、自分でも判然としない感情が一気にこみあげ、強く胸を締めつける。わたしは飛びあがらんばかりに驚いた。衝動的に声を張った。「梨央奈!」

姉妹ふたりは抱きあった。また視界が涙にぼやけだした。梨央奈も泣きながら笑っていた。避難する群衆に衝突されなかったのは幸いだ。人々はわたしたちの手前でふたつに分かれ、すぐ先でまたひとつになっていた。

やはり似た者どうしだ。逃げつづけることに疲れ、男性の呼びかけに救いを求めた。梨央奈の思考はわたしと共通していた。だからこそ同じ場所に足をとめ、こうして再会できたのだろう。

梨央奈が目を潤ませ、なにかを告げてきた。しかし周囲の喧噪と耳鳴りのせいで、ひとこともききとれない。わたしは道の向こう、下り階段を指さした。ふたりはうなずきあい、互いに手をつなぎ、避難民の急流のなかに歩を進めていった。

人混みを掻き分け、死にものぐるいで男性のもとをめざす。さっきよりは行動に支障がない。ほかにも多くの人々が階段に向かいだしたからだ。わたしと梨央奈はその流れに乗った。ときおり爆風が吹きつけ、銃声が鳴り響くなか、ふたりは急速に男性のもとへ運ばれていった。

男性は駆けつける避難民らに対し、分け隔てなく地下につづく階段へといざなっていた。ひたすら辺りに声を張りつづける。わたしたちが近づいても一瞥もくれなかった。後続の群衆に押されるも同然に、わたしと梨央奈は階段を駆け下りだした。行く手には暗闇がひろがっている。階段を踏み外すのではと不安に駆られる。

地上では硝煙のにおいが濃厚に漂っていたことに、あらためて気づかされる。いま地下に入ったとたん、酸性のにおいが鼻をついた。この暗さにも目が慣れてくる。下り階段のトンネルには、アーチ状の天井があり、内壁は光沢のあるタイル張りだった。ただし至るところでタイルは剝がれ、コンクリートにも亀裂が走っている。かなりの歳月を経ているようだ。昔から防空壕《ぼうくうごう》がわりに使われてきたのかもしれない。

階段を下りきった。ほの暗い空間にでた。そこは広々とした地下室だった。天井が無数の丸柱に支えられている。ぼうっと明るいのは、LED式のランタンが光量を落とし、あちこちに置いてあるからだ。ここにも大勢の人々がいた。みな肩を寄せあいながら座っている。

安全かどうかはわからない。内壁がぼろぼろに老朽化している。震動が起きるたび、天井材が少しずつ剝がれ落ちるのか、粉状のものが降ってくる。人々が不安げにざわついた。

特に案内する者はいなかった。わたしは梨央奈に寄り添いながらしゃがんだ。床はぬかるんでいたが、かまわずふたりとも腰を下ろした。

地上にくらべれば、轟音も揺れもかなり軽減されていた。梨央奈がマスクをし直した。わたしもそれに倣おうとしたが、耳もとに手をやったとき、マスクがないことに気づいた。あわててポケットをまさぐる。たしかに耳にかけていたはずだが、紛失してしまったようだ。

なんのためのマスクだったのかとぼんやり考える。コロナ禍対策だ。ずいぶん前に終わった話に思えてくる。事実はちがう。現在も進行中だった。もう世のなかは終わりかけている、そんなふうに感じられた。絶望的なできごとばかりだ。もういつ死んでもおかしくない。

梨央奈の荒い息づかいが耳に届く。スーパーマーケットに潜んでいたときと同じだった。微妙な音がききつけられる。聴覚がふたたび機能している、そう悟った。

わたしはささやいた。まだ籠もりぎみの自分の声が内耳に反響する。「さっき外でなにかいった？」

梨央奈がわたしをじっと見つめ、思いだしたように微笑した。「お姉ちゃん、鼻から下だけ砂をかぶってなかったから」

「……ああ。ずっとマスクをしてて、直前に外したところだったし」

「いまはいいぐあいに、顔全体が砂を浴びてきてるよ。パックみたいに」

「それをいうなら梨央奈だってそう……」

ふたりは控えめに笑いあった。本当に軽い気持ちになることが、果たして許されるかどうか、ふと自分の心をたしかめる。死と隣りあわせの状況を意識し、また憂鬱な気分に浸る。梨央奈と手の指を絡ませあう。自然に涙が滲《にじ》みだした。

視界がぼやけているのは好ましくない。わたしは目もとを拭《ぬぐ》った。誰か知り合いはいないだろうか。辺りの暗がりを凝視する。カミラ・アンデと母親はどこへ行ったのか。

階段をあわただしく駆け下りる靴音が響いた。男性が飛びこんできた。さっき地上にいた男性だった。目を剝きながら早口に怒鳴った。なぜか避難民らがすくみあがった。

直後に悲鳴がこだました。なにか小さな物が階段を転げ落ちてくる。煙を噴く缶状の物体だった。たちまち地下室に煙が充満しだした。複数の人影が乗りこんできた。ずんぐりとした体型に半球型のヘルメット。ロシア軍の兵士たちだとわかった。

わたしはとっさに梨央奈を抱き締めた。できることはそれしかなかった。

兵士たちが煙幕とは別のなにかを、地下室のあちこちに投げた。数秒の間を置き、眩《まばゆ》い閃光が走り、凄絶な爆炎が放射状にひろがった。今度の爆発音は凄《すさ》まじかった。爆風に晒されただけでも、頭部を硬い物で強打されたも同然の衝撃をおぼえた。爆心はやや離れていたものの、大量の鮮血と肉片の飛び散るさまが、一瞬の明るさに照らしだされた。逃げ場を失った人々が激しく右往左往する。阿鼻叫喚の地獄絵図を、さらに兵士らが蹂躙してくる。銃撃音とともに暗闇がせわしなく点滅する。逃げ惑う人々が無残に撃ち倒される光景が、コマ送りのように見えていた。

わたしは手で両耳を塞ぎながら、梨央奈と向かい合わせに密着し、ふたりで床に横たわった。そうならざるをえなかったのは、周りがいっせいに伏せたからだ。誰もが自発的にそうしたと信じたい。銃弾に倒れたとすればあまりに酷《むご》すぎる。

いまにも心臓が張り裂けそうなほどだった。梨央奈がまた泣きだしている。わたしもうろたえるばかりの自分の嘆き声をきいた。地下室を満たす煙が濃度を増していく。ほとんどなにも見えなくなった。

そんな濃霧のなかを、懐中電灯の光線が激しく動きまわる。何本もの光線が近づいてきた。頭上から大声で怒鳴りつけられた。いくつもの人影が仁王立ちになり、こちらを見下ろしている。手にした銃器類は、まぎれもなくわたしたちを狙っていた。

銃火が明滅した。それはまるで目くらましの閃光だった。地上よりも何十倍にも増幅された音量で、銃声が騒々しく反響した。頭を撃ち抜かれたような激痛が走った。

しかし弾を食らったわけではなかった。もしそうなら意識を保てるはずもない。衝撃波に似た突風に顔を殴られ、爆音が鼓膜を破ろうとした、そのせいだとわかった。

いきなり近くにいた兵士たちがよろめき、その場に倒れこんできた。

わたしと梨央奈は悲鳴をあげ、身を小さくしながら飛び退いた。銃火はなおも視野を激しくフラッシュさせ、銃声も轟きつづける。ただし発砲はやや離れた場所だと気づかされた。

兵士らはなぜ撃たれたのか。自分たちは救われたのか。銃を撃ちつづける複数の人影は何者なのだろう。なにひとつはっきりしないまま、わたしは梨央奈と抱きあいながら立ちあがった。断続的に青白く照らしだされる地下室のなか、上り階段が確認できた。ふたりは同時に駆けだした。気づいたときには猛然と全力疾走していた。

何度かつまずき突っ伏しそうになった。横たわる死体に足をとられたのかもしれない。深く考えている余裕はなかった。床に手をついたものの、這ってでも前進し、ほどなく体勢を立て直した。階段に飛びこむや一心不乱に駆け上った。ときおり黒々とした障害物が、階段の幅の半分を塞いでいた。わたしたちはわきを走り抜けた。なんだったのかを勘ぐりたくはないが、人体の一部に思えた。

地上にでた。まだ夜明けは遠いようだ。銃撃は散発的になっていた。制圧がほぼ完了したのかもしれない。辺り一帯には瓦礫の山ばかりが連なる。

自由などあるはずがない。武装した部隊がいたるところにいる。こちらに向けられた銃口が目にとまった。わたしは梨央奈とともに凍りついた。

絶望が全身を石のように硬直させていく。零《こぼ》れ落ちる涙も拭けなかった。思考が働かない。なにもかも終わった。

17

兵士たちが絶えず銃で威嚇し、指示どおりに動くことを強制してくる。ときおり反発するように声を荒らげる市民がいる。そのたび間髪をいれず銃声が響き渡る。わたしは目をつむった。そちらに視線を向ける勇気がない。

空はまだ真っ暗だった。瓦礫だらけになった路上に、捕虜になった人々の列ができていた。兵士たちの言葉はわからないものの、態度は常に威圧的だった。行く手に幌のないトラックが数台連なっている。荷台に乗るよう命令があったことも、群衆の動きから察しがつく。

白人の男女らはボディチェックを受けていた。所持品を没収されている。腕時計やアクセサリーもだ。女性のロシア兵がいるとわかった。まだ若く端整な顔の青い目が、わたしと梨央奈に向けられる。しかし一瞥しただけで、先に進むよう手振りでしめされた。ふたりだけボディチェックはなかった。外国人だったからだろうか。通じないスマホがわたしのポケットのなかに残っている。

トラックの荷台の上には、椅子もなにもなかった。乗車した人々が隙間なく腰を下ろした。わたしと梨央奈の周りは白人ばかりだった。子供もいるが知り合いではない。荷台の後アオリが兵士の手で閉じられた。キャビンの屋根の上に、兵士ふたりが座り、アサルトライフルをこちらに向ける。わたしは寒気をおぼえたが、発砲はなかった。走行中も荷台を警戒する役割らしい。

エンジンのかかる音がした。車体が揺れだした。トラックが徐行を始める。速度が上がらないのは、兵士たちや乗員を振り落とすわけにいかないからだろう。わたしは梨央奈と肩を寄せあっていた。ただ震えるしかない。もう生きていられる時間もごくわずかかもしれない。

嫌でも周りの景色が目に飛びこんでくる。夜のブチャ市街。火災と瓦礫の山だった。ロシア軍は一方的にこの国を攻めたのか。もうウクライナ全土が戦火に呑まれたのだろうか。

十字路に電柱が倒れていたが、トラックはその手前で進路を変えた。角をゆっくりと折れていく。荒廃しきった暗がりのなか、交叉点の角に複数の人影があった。手を挙げた男性たちが十数人、横一列に並んでいる。その手前で兵士たちが銃を水平に構えた。

闇のなかに銃火が閃き、銃声が轟く。男性らはいっせいにくずおれた。荷台の上に悲鳴や嘆きがひろがり、誰もが指で十字を切った。わたしも梨央奈と抱き締めあい、ふたりともうつむいた。もうなにも見たくない。

ほどなくトラックはどこかの敷地に乗りいれた。金網に囲まれた一帯に、宿舎のような平屋がコの字に軒を連ねている。ここには建物の被害はないようだ。ほかにもトラックが続々と進入してくる。

停車したトラックの後アオリが下ろされる。兵士の怒鳴り声が響いた。荷台の人々が身体を起こし、順番に降車していく。恐怖のせいか緩慢な動作に見えたが、自分の番が迫ると、やけにあわただしく感じられた。兵士らに急《せ》き立てられ、わたしは梨央奈と手を取りあいながら、無我夢中で荷台から飛び下りた。

そこにも別の兵士たちがまっていた。捕虜を次々に詰問し、先に進むよう銃で脅している。わたしと梨央奈も列に並ばされ、兵士の前に立った。地面を見つめるしかない。怖くて顔をあげられない。

兵士は男性だったが、声がかなり若かった。なにかを問いかけてきた。思いのほかやさしい物言いにきこえる。わたしの視線は自然にあがった。兵士の面立ちは青年と呼べるほど若かった。どこかじれったそうに、パスポート、兵士がそういった。

わたしは動揺とともに首を横に振った。かろうじて声を絞りだす。「ノー。アイ・ドント・ハブ……」

いかにも若い兵士は、平気で殺戮をおこなう顔には見えない。だがときおり響いてくる銃声には眉ひとつ動かさなかった。兵士がなにか喋った。わたしは言葉がわからず戸惑うしかなかった。梨央奈はただ嗚咽を漏らしている。

やがて兵士がため息をつき、親指で異なる方角を指ししめした。別の兵士が声を張り、わたしたちに詰め寄ってきた。歩けと命令しているようだ。

わたしは臆しながら歩を踏みだした。梨央奈の手をとり引っぱる。兵士ひとりが背後からついてくる。銃口が背に突きつけられているのだろうか。振りかえってたしかめるなどとても無理だ。ただ歩きつづけるしかない。

梨央奈が涙声でささやいた。「どこ行くの」

列に並んでいたほかの人々とは別の場所へ連行されている。平屋の外を壁づたいにまわりこむ。敷地内のそこかしこに兵士がいた。暗闇のなかに物音がきこえる。後ろ手に縛られた私服姿の男性が倒れていた。複数の兵士が殴る蹴るの暴行を加える。あれは拷問ではないのか。平屋からは女性の悲鳴がきこえてきた。それも複数だった。なかでなにがおこなわれているか想像もしたくない。

平屋の裏手まで来た。未舗装のわりと広めの空間に、焚火《たきび》が燃えている。大勢の人々が集められ、火を囲むように座っていた。捕虜であることに変わりはないらしい。銃を手にした兵士たちが警備にあたっている。ここは金網に囲まれてはおらず、荒廃した街と地続きになっていた。

ずっと背後にきこえていた兵士の靴音が、ふいに消えた。わたしは怯えながら振りかえった。兵士は立ちどまっていた。唐突に声を張ったため、わたしと梨央奈は思わずびくっとした。なにか指示を発したらしい。その兵士は踵《きびす》をかえし立ち去った。

依然としてほかの兵士たちが睨みつけてくる。わたしと梨央奈は居場所を求め、焚火に近づいた。人々の顔が見上げる。炎に揺らぐ顔はどれも憂いの色を浮かべていた。白人だけでなく黒人もいる。アジア系とおぼしき姿もあった。

そのとき耳慣れた大人の女性の声をききつけた。「大使館に連絡だなんて、あの子たちの捜索を依頼するってだけで……」

感電したような衝撃が走った。梨央奈も目を丸くしている。わたしは振りかえった。焚火に照らされた人々のなか、母が座っていた。こちらに気づいていない。疲弊した顔で隣の父に話しかけている。ふたりとも髪や服が砂まみれになっていたが、わたしや梨央奈ほどではない。

梨央奈が先に駆け寄った。「お母さん！」

母がこちらに視線を向けた。信じられないという表情がひろがる。きいたこともないほど甲高い声を母は発した。「梨央奈⁉　ああ、琉唯！」

いまにも泣きだしそうな母の顔が、梨央奈にそっくりに思えた。ずっと梨央奈と一緒にいたからそう思えるのだろう。自分も同じ顔をしているにちがいない。わたしは梨央奈を追いかけた。先に梨央奈が母に抱きついた。

父も驚いたようすで喜びをあらわにした。うっすら涙を浮かべながら父が叫んだ。「無事だったのか！　よかった。ふたりとも、よかった」

わたしは梨央奈に背後から覆いかぶさり、母としっかり抱きあった。父も家族に身を寄せてきた。

母が声をあげ泣いていた。父も同様だった。わたしは胸が詰まるのを自覚した。あらゆる感情が渾然《こんぜん》一体となり、涙となって溢れだした。

家族でこんなときを過ごしたことはない。すなおな心が結びつきあっていると実感する。ずっと理想に思い描いてきた瞬間だった。命が尽きるかもしれない、そんないまになってようやく打ち解けた。幸せにちがいない。生きているうちにこの思いを抱けたのだから。

兵士が近づいてきて、険しい口調で怒鳴りつけた。両親は苦い顔でわたしと梨央奈に、前を向いて座るよううながした。鬼の形相で見下ろす兵士が、なにかひとこと吐き捨てて立ち去った。

周囲の人々の面持ちが焚火に揺らいでいる。みな視線を落としていた。ほかの家族の無事を祝う気持ちにはなれないのかもしれない。

わたしは母にきいた。「あの家はどうなったの……？」

母が憔悴の色とともに応じた。「わからない。お父さんもお母さんも、琉唯や梨央奈を捜しまわってるうちに、軍隊が来たから……」

「パスポートを持ってるかきかれたけど……」

父が浮かない表情でささやいた。「磯塚君は持ってた。だからほかのところに連れて行かれた。お父さんたちは持ってない。家にあるとうったえたけど、ききいれられなかった」

ここに集められたのはパスポートを持たない外国人ばかりか。ひとりの少女がこちらを見つめていた。アジア人だった。焚火に照らされたその顔は記憶にあった。学校の外国人クラスにいた十五歳のヤン・シンイー。両親らしき大人の男女とともに座っている。シンイーはこわばった顔で片手をあげた。わたしはぎこちなさを承知で笑いかけた。

だしぬけに銃声が轟いた。びくっとしたが、少し距離があるとわかった。周りの兵士たちがいっせいに動きだす。ひとりが捕虜全員に対し、手振りで伏せるよう指示してくる。別の兵士が消火剤を噴射し、焚火を消した。視界が真っ暗になった。

わたしたち家族四人は抱きあいながら頭を低くした。瓦礫の向こうの暗闇に銃火が閃いた。兵士らがみなそちらに向き直った。反撃の銃声はごく近くで鳴り響いた。捕虜らが両手で耳をふさぎ、そこかしこで悲鳴をあげている。

兵士たちが敵のもとに駆けていく。銃声が断続的に遠ざかった。なおも凄まじい騒音にはちがいない。それでも距離が開いたと感じる。気づけばわたしたち捕虜の周りに、兵士はひとりもいなかった。暗がりで一同が怪訝な顔を見合わせる。

近場は妙に静かだ。何者かの奇襲を受け、建物も消灯している。部隊全体が息を潜めているらしい。

しかし装備品の金属音をともなう靴音は、すぐにまた駆けつけてきた。五、六人ほどの人影が見てとれる。いまは静寂を保つべきときではないのか。接近してくる群れは、勝手に動きまわっているようでもある。

　さっきまでの兵士たちとはあきらかに素振りがちがう。火薬のにおいが立ちこめていても、なお酒臭さが鼻をついた。ずんぐりとした体型は、重装備のせいばかりでない。もともと太っているらしい。そんな男たちが闇のなかを動きまわる。座りこんだ捕虜たちに、順繰りに顔を近づける。

　やがて男ふたりが眼前に迫った。吹きかけられる吐息に強烈な口臭が混ざる。ふたりとも髭面だった。年齢はわりと高めだ。迷彩服姿で銃を携えているが、どことなく異質に感じられる。ヘルメットもかぶっていない。

　ひとりが梨央奈を指さした。わたしにも気づいたらしい。姉妹を交互に指さしたのち、いきなり手を伸ばしてきた。グローブのように大きな手が、わたしの腕をつかんだ。梨央奈も同じ目に遭っていた。ロシア語らしきだみ声を発する男たちが、わたしと梨央奈を力ずくで引き立てる。捕虜の群れから離し、どこかに連行しようとする。

　梨央奈が身をよじりながら叫んだ。「お母さん！」

　母の悲鳴がきこえる。父の怒鳴り声も耳に届いた。「琉唯！　梨央奈！　よせ。どこに連れてくんだ！」

　両親が駆け寄ろうとするのを、ほかの兵士たちが遮った。なおも父母の声が呼びかけるものの、しだいに遠く離れていく。母が英語で切実にうったえているが、兵士らは耳を貸さない。別の方向からも悲鳴が飛んだ。中国人少女のヤン・シンイーも、大柄な兵士に抱きかかえられていた。連行される方角は同じだった。

地面に鉄パイプが落ちているのを見かけた。野球のバットと同じぐらいの大きさだ。けれども拾うなど夢想に等しかった。それを手にしたところでどうにもならない。

建物の陰に達した。わたしや梨央奈は乱暴に放りだされた。シンイーも地面に転がった。わたしは這ったまま頭上を仰いだ。

さっきの巨漢たちが全員集まっていた。低く笑いながら見下ろしてくる。受容しがたい不安がこみあげる。悪い予感は現実と化した。顎髭の男たちが襲いかかってきた。わたしは地面に押しつけられた。不快な口臭が荒い息づかいとともに吹きかけられる。悪ふざけのようながなり声が浴びせられた。わたしは激しく顔を振り、ただ絶叫し、地獄のような嫌悪に抗《あらが》った。梨央奈やシンイーも同じ境遇にあるらしい、ひたすら泣きわめいている。

そのとき父の声を間近にきいた。「琉唯！　おまえら、やめろ。娘から離れろ！」

驚いたことに父はここまで追いかけてきていた。わたしに覆いかぶさる巨漢の背に挑みかかり、必死に引き離そうとする。顎髭の男は表情を変えなかった。軽く鼻を鳴らし、巨漢は上体を反らした。後方を振りかえるや、いきなり父の顔面を殴りつけた。

わたしは息を呑んだ。「お父さん！」

ほかの兵士たちも笑いながら父を取り囲んだ。集団暴行が始まろうとしている。ところが父は袋叩きにされるより早く、ひとりの兵士の顔に両手を這わせた。死にものぐるいに爪を立て引っ掻いた。兵士が苦痛の叫びを発し、身をのけぞらせると、父は包囲から逃れた。梨央奈に乱暴しようとする別の兵士に対し、父が組み合わせた両手で背を殴りつけた。

その兵士はたいしてダメージを受けたようすもなく、やはり身体を起こすや父に向き直った。父がひるむ反応をしめした。梨央奈は横たわったまま、身を小さくしながら震えている。その怯えた目が父をとらえていた。

兵士が父につかみかかった。ほかの兵士らが囃《はや》し立てるような声を発する。しかし父も決死の覚悟をきめたらしく、兵士の懐に飛びこんだ。ふたりが激しく揉み合っている。

「畜生が」父が押し殺したような声を絞りだした。「娘たちに手をだすな！」

目に映る状況が信じられなかった。父が憤怒の情をあらわにし、荒くれ者の兵士に全力で立ち向かっている。わたしたちを守ろうとしている。

腕力で勝る兵士は、難なく父の身体を引き離した。片脚をひっかけ、柔道の技に似た動作で、父を地面に叩き伏せた。

「お父さん！」わたしは泣きながらすがりついた。梨央奈も嗚咽とともに這ってきた。見上げると兵士がアサルトライフルを構えていた。わたしはすくみあがった。銃口がこちらに向けられている。父はわたしと梨央奈をかばった。盾になるのをためらうともせず、父が銃口の前に身を晒す。

わたしは耐えられなかった。父の背中に抱きついた。思わず顔を伏せた。

ふいに鈍い打撃音がした。どよめきがきこえる。わたしははっとして視線をあげた。わめくような母の声を耳にした。母は鉄パイプを水平に振っていた。父を撃とうとした兵士のうなじを、繰りかえし強打した。兵士はさすがによろめき、その場に両膝をついた。ほかの兵士らはなおも笑っていたが、やがて表情を凍りつかせた。いっせいに母を取り押さえようとする。だが鉄パイプのスイングがつづき、巨漢らの行動に躊躇《ちゅうちょ》がのぞいた。

絶叫に似た母の声がこだました。英語で悪態をつく。かつて見た記憶のない憤激がそこにあった。やがて母の怒声は日本語になった。「わたしたちに関わらないでよ！」兵士らも人間にすぎない、わたしはそう悟った。突然の事態に手をこまねいていたからだ。けれどもそんな状況は長くつづかなかった。兵士のひとりが母の背後に近づき、長い脚で蹴りこんだ。母がばったりと倒れた。

梨央奈が大声で泣きながら母にすがった。父が捨て身でふたりをかばう。わたしも父に同調した。とはいえ勇気を持ちえたわけではない。脅威に対し目も合わせられずにいた。わたしたち一家は、ただそれぞれに手を握りあった。

涙のせいで視界がぼやける。やがて目の前の物体に焦点が合ってきた。いくつもの銃口だった。巨漢たちの銃が狙い澄ましている。背筋が寒くなった。もうこれまでだ。怖くなって目を閉じた。ところがふいに遠方から、男の怒鳴り声が響き渡った。わたしは目を見開いた。訛りの強い英語に思えた。わたしには意味がわからなかった。母にはききとれたようだ。母は梨央奈を抱きながら鋭く叫んだ。「伏せて！」

わたしをかばったのは父だった。一家四人が地面に突っ伏した。巨漢らには不測の事態だったらしい。いっせいに声のしたほうを振りかえる。

機関銃の掃射音が轟いた。父母が俯せに横たわりながら、わたしと梨央奈を強く抱き締めた。

巨漢たちが叫び声を発し、血飛沫を撒き散らしつつ、ばたばたと倒れた。奇襲に対し、数人が反撃に転じたものの、ほどなく撃ち倒された。

愕然とするわたしたちの前に、別の勢力が押し寄せてきた。わたしは言葉を失った。迷彩服の兵士ではなかった。私服の防寒着に身を包んだ一般人ばかりだ。みなアサルトライフルを携えている。スーパーマーケットのなかで見かけた男たちと同族だろうか。ゲリラかレジスタンスかもしれない。わたしたちには銃を向けてこなかった。ただ一瞥したのち、辺りを警戒するように分散して立った。

さっき焚火を囲んでいた捕虜らが駆けてくる。アジア人の男女がヤン・シンイーを抱き起こす。シンイーの両親らしきふたりだった。必死にシンイーの名を呼んでいる。ぐったりとしたシンイーを見て、わたしは不安をおぼえた。シンイーの防寒着は半分脱がされ、セーターも半ば引き裂かれている。擦り傷だらけの肩が露出していた。けれどもすぐにシンイーの腕が動き、ゆっくりと父親に抱きついた。わたしは思わずため息を漏らした。

気づけばわたしたち一家四人も、地面にへたりこんだまま、互いに身を寄せ合っていた。

父がわたしたちをしっかりと抱き締めた。子供っぽくうわずった父の声をきいた。

「家族だ。僕らは家族だよ」

梨央奈が泣きじゃくりだした。その声をきくうち、わたしのなかにも感慨がこみあげてきた。自然に涙がこぼれる。母までが号泣していた。

さかんにしゃくりあげながら、母が震える声を絞りだした。「帰ろうね。みんなでうちに」

「そうだよ」父が何度もうなずいた。「みんなで帰ろう」

暗がりのなかにあっても、父の顔が無残に腫れあがっているのが見てとれる。片方の目は開ききっていない。とても正視に耐えなかった。わたしは父の腕に顔を伏せた。悲しみばかりではない。冷えきった身体に温かいものが流れだしている。ふしぎなものだ。こんな瞬間を求めていた気がする。いまや地獄をさまようばかりだというのに。

大型車両らしきエンジン音が耳に届いた。建物の向こう、開けた場所に大型バスが徐行してきた。

不可解なことに、ゲリラもしくはレジスタンスの男たちは、にわかに散っていった。味方はすっかり姿を消した。

捕虜たちは困惑顔を見合わせた。わたしたち一家もそのなかにいた。またも放置された。今度はなにが起きるのだろう。

誰かが警笛を吹き鳴らした。ロシア兵たちが集合してきた。さきほど奇襲に応戦すべく、持ち場を離れていった部隊とは、別の面々のようだ。しかしヘルメットや装備は同一だった。乱暴しようとした荒くれ者どもとちがい、今度の兵士らは銃で威嚇しながらも、わたしたちに手をださなかった。

外国人の捕虜ばかりだからか。これが本来の待遇なのか。さっきの荒くれ者どもにしても、戯れとばかりに父をいたぶったり、母に手をこまねいたり、銃を向けてくるまで時間を要した。もともとそんな権限などなかったからか。わたしたちはウクライナ人の捕虜と区別されているのだろうか。

だからといって心を許せるわけもない。ここにいるロシア兵は、みな殺戮者でしかない。それは揺るぎない事実だった。

兵士らが大型バスに向かうよう指示してくる。わたしたちはしたがうしかなかった。四人で手を握りあいながら立ちあがる。捕虜の群れは敗残兵のように、ぞろぞろと歩を進めていった。

大型バスに近づいた。車体の塗装からして、この国の民間運営のバスにちがいない。けれども運転席に見えるドライバーは、ロシア軍のヘルメットをかぶり、迷彩服を着ていた。鼻から下を黒いマスクが覆っている。

車体側面と後方の窓は、外から木板が打ちつけられ、隙間なく塞がれていた。車内のようすは見通せない。しかし昇降口のドアは開きっぱなしで、もうひとり立ち乗りの兵士が半身を乗りだしている。その兵士も黒いマスクをしていた。迎えのロシア兵らが近づくと、昇降口の兵士が車外に降り立った。

兵士らの誘導により、捕虜の群れがバスの昇降口前に列をつくる。わたしは不安とともに母を見つめた。「乗るの？」

「そうみたい……」

母は英語で近くにいる女性に話しかけた。女性は首を横に振った。やはり事情がよくわからないらしい。

列が進みだした。先頭のほうはもう乗車を始めている。兵士のひとりに近づいた。母が英語で質問をする。兵士は苛立たしげに一喝した。

父が気遣わしげに母を振りかえった。「なんていってた？」

「さあ」母は困惑顔で父を見かえした。兵士が発した言葉は英語ではなかったようだ。わたしたちの乗車する番が迫ってきた。そのときふいに女性の甲高い声がまくしたてた。

英語だ。開口一番、リスンといったのがきこえた。列をなす人々がざわつき、その場に足をとめた。誰もが辺りを見まわす。兵士たちは緊張を高めた。互いに鋭い声で呼びかけあい、揃って銃を一方向に構える。銃口が狙い澄ますのは建物の角だった。粗末なコートを着た婦人が立っていた。白人で年齢は五十代、いやもっと上かもしれない。婦人はバスに列をなす外国人らを見つめ、なにかをうったえていた。英語の発言を理解したとおぼしき一部の人々が、にわかに動揺をしめした。列を離れようとする動きも生じる。乗車済みの数人も、泡を食ったように車外に飛びだしてきた。

梨央奈がうろたえながら母にきいた。「あの人なに喋ってるの？」

母の顔は恐怖にひきつっていた。「バスに乗っちゃいけないって……。ロシアに連れて行かれるって。刑務所に」

心の暗がりに黒い霧が立ちこめる。闇がいっそう深くなっていく。怯えの感情ばかりが胸のうちにひろがった。母による通訳はおそらく正しい。ロシア、ジェイルという単語なら、わたしにもききとれたからだ。

列から逃げようとする人々に、銃を持った兵士らが立ちふさがる。ほかの兵士たちは婦人に駆け寄った。至近距離で銃口を婦人に向け、警告らしき声を発する。それでも婦人は黙らなかった。兵士ふたりが婦人の身柄を確保し、平屋の向こうに引きずっていく。

なおも婦人の叫ぶような声がつづいていた。非英語圏の人間にも判らせるためか、婦人は一語ずつ区切り、明瞭に発音した。「ドント・ゲット・オン・ザ・バス！ ユー・ウィル・ビー・テイクン・トゥ・ロシア。ユー・ウィル・ビー・インプリズンド・イン・ジェイル！ ユー・ウィル・ビー・キルド……」

兵士に連行される婦人の姿が、建物の向こうに消えた。その直後、閃光が辺りを瞬時に白く染め、銃声が轟いた。婦人の声は途絶えた。

バスの昇降口前に集う人々に悲鳴があがった。兵士たちが銃で威嚇し、乗車を急がせようとする。拒絶するすべはない。誰もが両手を挙げていた。兵士が憤然と怒鳴り散らす。銃身がさかんに昇降口に振られる。外国人たちがやむなくバスのステップを上っていく。

わたしは母に抱きついた。「お母さん……」

「だいじょうぶだから」母がわたしの肩を抱いた。そんな母の声も震えていた。

梨央奈は父に身を寄せている。列がゆっくりと進んでいき、一家は昇降口に達した。もう車内に乗りこまざるをえない。梨央奈と父が先にステップを上った。わたしと母もつづいた。

車内は暗かった。側面の窓がすべて塞がれている。なにも見えなくて当然だった。車内前方のフロントガラスから、かろうじて外の微光が入ってくる。だが運転席の背後にカーテンが引かれた。視界は闇に閉ざされた。寸前まで見えていた座席の背を、手探りでなんとか確認する。母に寄り添うように、ふたり掛けの座席におさまった。

母が震える声でささやきかけた。「お父さん。梨央奈」

すぐ前方から父の声が応じた。「ここにいる。梨央奈も一緒だ」

ふたりは一列前の席に並んで座ったらしい。周りの座席も続々と埋まっていく。気配と物音でわかる。

金属音をともなう靴音が迫ってきた。兵士ひとりが通路を後方に向かう。わたしの近くを通り過ぎていったのが、闇のなかにうっすら見てとれた。最後列の席に陣取る気らしい。運転席と最後列。ふたりの兵士がバスに同乗している。

ほかに兵士が乗りこむようすはない。車内は満員になったようだ。昇降口のドアが閉められた。エンジンがかかる。振動が座席に伝わってきた。バスがゆっくりと動きだした。あちこちから悲痛な呻きが漏れた。すすり泣く声も耳に届く。

わたしも打ちひしがれていた。ずっと悪夢のなかにいるように、恐怖に翻弄されつづけた。みずから選択する自由はあたえられないままだった。最期のときが迫っている。ロシア、ジェイル。それにユー・ウィル・ビー・キルドと婦人はいった。リスニングが正しければ、殺されるという意味以外の解釈はない。

18

真っ暗なバスの車内で揺られるうち、わたしは視界の隅に小さな光をとらえた。スマホの画面を灯している人がいる。しきりに文字を入力しているのがわかる。わたしははっとした。もう電波が入るのだろうか。

ポケットをまさぐりスマホをとりだす。画面をタップしたものの点灯しない。たぶんバッテリー切れだ。わたしは思わず泣きそうになった。

「お母さん」わたしは救いを求めささやきかけた。「みんなスマホをいじってる。連絡できるんじゃない？」

母は浅い眠りについていたらしい。喉に絡む小声で物憂げに応じた。「お母さん、スマホ置いてきちゃった。お父さんも」

「わたしは持ってる。もし充電できたら……」

しばし沈黙があった。母がわずかに身体を起こした。周囲を眺めたようだ。少し離れた席の女性に対し、母は声をひそめながら英語で話しかけた。女性がスマホから顔をあげた。ぼそぼそとなにか返答する。母は女性に礼をいって、また座席の背に身をあずけた。

「……なに？」わたしは母にたずねた。

「ネットにつながってはいないって。送れないけどメールに手紙を書いてる」

「手紙って……」

わたしは口をつぐんだ。事情に気づいたからだ。送信不可能なメッセージの入力。斜め前方の男性は、点灯した画面を照明の代わりにしつつ、ペンを紙に走らせている。みな遺書を書いていた。読まれるかどうかはわからない。それでも伝言を遺そうとしている。もう会うこともない身近な人に。

電源が入らないスマホが手もとにある。真っ暗な画面をわたしはただ眺めた。もしバッテリーが生きていたとしたら、誰になにを伝えるのだろう。友達や親戚に読む機会が訪れても、ただ悲しませるだけなら、ひとことも遺したくない。

いつしか意識が薄らぎつつあった。疲れきっているせいか眠気が生じる。あるいは覚悟をきめたのだろうか。そうではないとわたしは思った。怖くて仕方がない。この暗がりのなか、いま逃げこめるのは眠りの世界だけだ。そんなあきらめに似た思いが睡魔を呼びこんでいる。

小さかったころ、わたしは寝る時間が来るのを恐れた。二度と目覚めなかったらどうする、そんな漠然とした不安に駆られたりもした。いまは異なる思いだけがある。このまま安らかに眠れるのならそうあってほしい。恐怖や苦痛が人生の最期であってほしくない。

　車体の不規則な振動に、何度か意識が揺り戻されたものの、ほどなくまた眠りに落ちていった。夢なのか、深い海の底を漂っている感覚があった。

やがて水面へと急速に浮上するように、しだいに覚醒に向かっていった。ぼんやりと目が開いた。長いこと眠ったと実感した。

バスはいつの間にか停まっていた。奇妙なことに一縷《いちる》の光が射しこんでくる。スマホの画面ではない。窓に打ちつけた木板の隙間から陽光が照らす。車内はほの明るかった。

隣に母がいない。わたしはあわてて身体を起こした。周囲にも空席がめだった。わずか数人が居残っているだけだ。みな眠っていた。もぞもぞと動きだした白人女性が、わたしと同じように、途方に暮れた顔で辺りを見まわす。

　車内の状況がわかるのは、それだけの光量があるからだ。わたしは前方に目を向けた。運転席とのあいだを仕切るカーテンが、半分ほど開いている。ドライバーがいないのがわかった。フロントガラスの向こうには、葉をつけない木々が見えている。青空ものぞく。晴れていた。微風が吹きこんでくる。気づけば昇降口のドアまで開いていた。

前の席に父がいれば後頭部が見えるはずだ。父もいないらしい。わたしは声をひそめながら呼びかけた。「梨央奈」

「……お姉ちゃん？」梨央奈のささやきが応じた。

ほっとしてため息が漏れる。わたしは問いかけた。「お父さんやお母さんは？」

「さっき降りてった」

「降りた？」

「まってるようにって」

わたしのなかで戸惑いが深まった。もういちど車内を見まわす。後ろの席にいた白人女性が、ゆっくりと立ちあがる。目を丸くしながら、わたしを見下ろしたのち、通路を前方に進んでいった。昇降口のドアに向かう。ステップを下りていき、そのまま車外へと姿を消した。

ここに留まってはいられない。わたしはゆっくりと腰を浮かせた。立ちくらみがした。身体が重い。座席の背につかまり、昇降口へと歩きだした。

前の席の梨央奈と目が合った。わたしは梨央奈にいった。「まってて」

「やだ。一緒に行く」梨央奈もふらふらと立ちあがった。

車内の床には大量の砂が落ちていた。砂まみれの乗客ばかりだったからだろう。ときおり足を滑らせそうになる。慎重に昇降口へと近づいていった。

向かい風を感じる。外の景色はやけに白ばんでいた。目が暗闇に慣れすぎ、まだ調整がつかない。一段ずつステップを下りるうち、視野がはっきりしてきた。

青空の下に砂埃が立ちこめている。遠くには低い山々が連なるものの、ここはなにもない荒れ地だった。遠方に家屋らしきものはちらほらある。バスの前方に裸木ばかりの森がひろがっていた。さっきフロントガラス越しに見えたのはその一帯だった。

バスに乗車していた人々が、荒れ地のあちこちに散っている。それぞれ数人ずつ立ち話をしたり、あるいはただうろついたりしていた。

そんななか父母の姿をとらえた。わたしはどきっとした。両親はほかの外国人ら数人とともに、迷彩服の兵士を囲んでいる。母が話しかけているのは、ふたりの兵士のうちひとりだ。もうひとりはやや後方に立っている。

ただし兵士はいずれも銃を構えてはいない。ふたりともストラップを肩から下ろしていた。銃口を真下に向け、身体のわきに携えている。ヘルメットを脱いだうえ、マスクもしていない。

わたしは梨央奈とともに、臆しながらその場に歩み寄った。母は英語で喋っているが、特に興奮したようすはない。兵士も英語で答えているが、言葉遣いは常に冷静だった。

その兵士の顔を見たとき、わたしは面食らった。前に会ったことがあると気づいた。鋭い目つき、鷲鼻に割れた顎の、ひどく頑固そうな顔。短く刈りあげた金髪。ブチャ市内に不穏な空気が漂いだしたころ、ウクライナ兵が家を訪ねてきた。そのうちのひとりだ。名前はセルゲイ・ダニールコ。

もうひとりの兵士の顔は初めて目にする。年齢はダニールコと同じぐらいだ。迷彩服も装備品もロシア兵に見える。しかし彼らはウクライナ兵だった。

母や父がうなずくと、ほかの外国人らも納得したような反応をしめした。大人たちの会話が終わったらしい。ダニールコがぶらりとその場を離れていく。バスへと歩きだした。いまだバスの昇降口からは、目覚めた人々が当惑顔で降りてくる。

集まっていた外国人らが散開しだした。わたしの両親は居残っている。

「お母さん」わたしは歩み寄った。

「ああ」母は真顔のまま応じた。「琉唯」

「いまの人……」

「前に会ったでしょ。ウクライナ軍のダニールコって人。もうひとりはムィコライチュークって人だって」

「ロシア軍じゃなかったの？」

陽射しの下で見ると、父の顔は黒い痣だらけで、いっそう痛々しかった。神妙に父がつぶやいた。「細かいことは明かせないといってたが、バスを奪ったらしい。ロシアに連れて行かれるところを、ここへ送ってくれた」

梨央奈が辺りを見まわした。「ここって？」

「リヴィウの郊外」父が低くいった。「ウクライナの西の果てだよ。何十キロか先に国境がある。あいにくそこまでは行けないって」

「行けないって……。どうすればいいの？」

「さあ。歩くしかないだろな。でもこっちにはロシア軍はいないそうだ」

ダニールコとムィコライチュークが、バスの昇降口を覗きこんだ。なかに声をかける。まだ車内にいた人々が、眠たげな顔で外にでてくる。全員が降車したらしい。ムィコライチュークが先に乗りこんだ。車体前方に向かっていった。彼が運転するのだろう。

昨夜わたしたちを助けてくれた、ゲリラもしくはレジスタンスらは、もしかしたら正規のウクライナ兵だったのかもしれない。彼らはロシア兵の目を盗み、バスの到着を支援したのち、ただちに行方をくらました。あのときバスはすでにウクライナ兵が乗っ取っていた。本来はロシアへ向かうはずだったバスを。

わたしはバスを眺めながら父にきいた。「あの人たち、どこへ行くの？」

「ブチャに戻るといってた。ウクライナ軍が反撃を開始する前に、外国人をできるだけ救助したかったそうだ。また仲間たちに合流するんだろ」

昇降口のステップに立ったダニールコが、外を眺め渡した。わたしとも目が合った。手を振るべきかどうか迷った。けれどもダニールコは無表情のまま車内に消えていった。

エンジン音が静寂を破った。バスがゆっくりと後退していく。荒れ地のわきに道路があった。この国では当たり前の、ガードレールも街路樹もない、ただ舗装されただけの一本道だった。バスは砂埃を巻きあげ、徐々に遠ざかっていくと、その道路に乗った。加速するや走り去っていった。

砂埃が舞う荒れ地に、外国人ばかりが置き去りになった。ヤン・シンイーと両親もいた。それぞれが歩きだした。みなバスとは逆方向をめざしている。

母がわたしを見つめた。わたしも母を見かえした。表情を和ませた母が、梨央奈にも視線を投げかける。梨央奈は不平を口にせず、ただ歩を踏みだした。

一家は歩調を合わせながら進んだ。微風の生みだす音《ね》の高い沈黙が、天と地とに満ちていく。わたしは空に目を転じた。川面のように雲が揺らいで見える。うつむくと涙が零れ落ちそうだった。

静けさにこそ耳を傾けていたい。そんな思いとともに歩きつづけた。依然として異国の地にいる。でも日本と別世界ではない。この大地はどこまでもつづいている。

19

途方もなく長い道のりとはいえ、徒歩は正解だった。道路には渋滞がつづいていた。あきらめて道端にクルマを乗り捨て、歩きだす人々さえいる。

ときおり木陰で休んでは、また出発する、その繰りかえしの旅路だった。幸いにも太陽が高く上ろうと、さして暑くもなかった。喉が渇いても不平はいえない。

道沿いは荒野ばかりだったが、途中にぽつんと教会が建っていた。そこでペットボトルの水をもらった。歩いて避難する人々に振る舞われていた。あいにく一家に一本でしかない。それでもありがたかった。家族四人で水をまわし飲みした。

しだいに陽は傾いていき、空が赤みを帯びだした。動かないクルマが延々と列をなしている。道端を歩く人々は群衆に膨れあがっていた。

やがて高速道路の料金所のようなゲートが見えてきた。あれが国境だと父がいった。正確にはそうではなかった。隣接する大きなプレハブの平屋が検問所だった。みなそこに並ばねばならない。人々が列をなす頭上には、緑色の鉄骨で造られたアーチ状の屋根があった。わたしはその屋根を見上げた。ウクライナに着いたばかりの空港や駅で、同じ色をよく目にした。そのことを思いだした。

両側の手すりもやはり緑色だった。幅いっぱいに列がひろがっている。だが遅々として進まない。コロナ禍対策、密を避けるという原則など、ここには存在しない。辺り一帯が大混雑で、あらゆる民族の人々が交ざりあっている。日本語はきこえてこない。わたしの家族はいまだ孤立状態だった。

夕闇から黄昏《たそがれ》どきを越え、日没を迎えた。完全に空が真っ暗になってから、ようやく検問所のなかに入ることができた。

だが職員にパスポートの提示を求められた。両親は困り果てた顔で弁明したが、職員は首を横に振るばかりだった。

追いかえされないだけでも、いくらかましだったかもしれない。わたしたちは大部屋に案内された。なにもない室内のあちこちに、多様な民族の人々が座りこんでいた。ペットボトルの水だけはあたえられた。それで凌げということらしい。奥のドアはトイレにつながっている。出入口のドアには警備が立ち、外にでる自由はなかった。

絆創膏《ばんそうこう》が配られた。わたしは父の顔の手当を優先してほしかったが、琉唯と梨央奈が先だ、父がそういった。実際わたしと梨央奈は擦り傷だらけだった。なるべく大きな傷だけに絞りこんで貼っていく。譲りあううち余分が生じた。父の瞼の上にできた傷に、母が絆創膏を貼った。

ここで一夜を明かすことになるのだろう。ふしぎと自然に受けいれられた。空腹もさほど辛くはない。硬い床にうずくまりながら横たわっても、バスの車内よりは快適とさえ感じた。家族全員が身を寄せあっていられる。それはどんなに幸せなことだろう。

うたた寝からいちど目覚めたとき、大部屋が消灯していることに気づいた。いつしか誰もが眠りについている。わたしは仕方なくまた目を閉じた。何キロも歩いたせいで、身体は疲れきっていた。ほどなくまた意識が遠ざかっていった。

ざわめきをききつけた。自然に目が開いた。わたしは身体を起こした。室内はずいぶん明るかった。昨夜は気づかなかったが、この部屋には天窓があった。青空がのぞいている。人々の動きもあわただしい。

出入口のドアが開いては、スーツ姿の外国人が現れ、一同に声を張った。家族単位、あるいは個人が立ちあがり、ドアへと向かう。迎えにくるスーツの人種はさまざまだった。アジア系も何度か顔をのぞかせたが、日本人ではなかった。

やがておとなしそうなアジア人の中年男性が姿を見せた。白髪まじりの七三分け、細いフレームの眼鏡をかけている。男性が呼びかけた。瀬里さん。

はい、とわたしは応じた。両親も梨央奈も、同じように返事をしていた。家族四人が顔を見合わせた。思わず笑みがこぼれた。

男性は在ポーランド日本国大使館の高岡《たかおか》と名乗った。どこか飄々《ひょうひょう》とした態度に、なんとなく複雑な思いが生じる。別室に移動し、高岡の指導のもと、両親が事務手続きに臨んだ。わたしと梨央奈は長椅子でまたされた。

ここがポーランドとの国境だという事実を、わたしはいまになってようやく知った。きのう一日、どこの国に渡るのか、父母にいちどもきいていなかった。これがただの海外旅行なら非常識な話だろう。けれどもわたしや梨央奈にとってはちがった。なにもわからないことだらけだ。運が悪ければ途中で死んでいた。なぜそうなったのか理由すら知らないままに。

　しばらくしてわたしと梨央奈も事務机に呼ばれた。一家全員が揃うと高岡がいった。

「なにが起きたかは瀬里さんから詳しくおうかがいしましたが、戦争というのは微妙な国際問題でして、帰国に際しましては、経緯を明かさないでいただきたいのですが」

　両親は沈黙した。やがて父がささやいた。「会社に報告を……」

「ええ。それは問題ないのですが、なにか広く公表なさるようなことは……。インターネットですとか、マスコミですとかね。そういうことは慎んでいただきたいのです」

「空港で出国を拒否されたことですか。それともロシアが攻めてきたことですか。ウクライナ軍のおかげで、ここまで逃げられたことですか」

「いずれも……。まだロシア軍ときまったわけじゃないので」

「はい?」

「いえ、あの、つまりですね。滞在しておられた地域に、武装勢力が攻めてきたのは事実でも、その正体ははっきりしないわけで」

「ロシアだとみんないってましたよ」

「住民のかたがそうおっしゃっても、国際社会としては、いろいろありまして」

父の表情は険しくなった。「口をつぐみますと約束する必要があるんでしょうか」

「はい。あのう、うちとしましても、それを受けいれの条件ということに。ほかの方々も同じ対応ですので」

ひっかかる物言いだった。ほかの方々。ウクライナから避難する日本人には、みな箝口令《かんこうれい》を敷いているのか。ということは逆説的に、すべては事実だとわかっているのではないか。

両親は黙りこくっていた。十七歳のわたしにとって、難しいことは理解できない。それでも父母の不満を感じとった。どんな目に遭ったか喋ることは、頑なに禁じられるようだ。そこにはどんな意味があるのだろう。

最終的に父母は首を縦に振った。ようやくわたしたちは平屋をでた。きょうもまた脆《もろ》い陽射しを浴びた。

屋外通路を移動しながら、父が高岡に話しかけた。「会社の磯塚君は……？」

「御社から連絡がありまして、スロバキア大使館の世話を受け、そちらに逃れたようですね。ビザの発行をまってるそうです。パスポートを持っていた外国の方々は、早々に解放されたようで」

母が静かにきいた。「パスポートを持ってない外国人は？」

「……ここだけの話ですが」高岡が声をひそめた。「捕虜になってるともききます。いや、捕虜という言い方は戦争が前提ですので、適切じゃないですね。身柄の一時的な拘束です。今後どうなるかはわかりません。ちゃんと人道的なあつかいを受け、早期帰国できる可能性も」

しらけた空気が漂った。人道的。高岡はロシアという国名すら口にしたがらない。事実を正確に把握しているのか。いや知っているうえで目を背けてはいまいか。それが日本の方針なのだろうか。

高岡が歩きながらいった。「国際法ってのがありますからね。そんなに酷《ひど》いことは」

しばし沈黙があった。その無音が耐えられなかった。わたしはきいた。「はい？」

「国際法」

「なんですか」

母が諭《さと》すようにささやいた。「琉唯」

「いえ」高岡がすんなり説明した。「国家どうしの取り決めとか、そういうものがあるので。第二次大戦のナチスとかね、そういうことまでは」

「そういうことまでは……なんですか？」

両親はなにもいわなかったが、母は無言のうちに、もういいという態度をしめした。

わたしは黙って返答をまったが、高岡は言葉を発しなかった。

現地でどんなことが起きたか、この人もわかっていない。わたしはそう悟った。

駐車場にはたくさんのクルマが停まっていた。そのなかで錆びついたマイクロバスに、高岡は近づいた。オンボロの車体と同じぐらい砂まみれ、痣と擦り傷だらけの一家四人が、車内に乗りこむ。

ステップを上ったとき、わたしの足は自然にとまった。バスの座席はほとんど埋まっていた。家族らしき構成がそこかしこにある。誰も言葉を発していなくても、みな一見して日本人とわかる。アジア人というだけでなく、やはりなにかがちがう。幼い男の子や女の子とも目が合った。わたしたちと同じぐらい、灰いろに汚れた顔や、黒ずみだらけの服が大半を占める。総じて疲れきった表情で、会話ひとつない。

空いている席に座るしかない。わたしと梨央奈が並び、通路を挟んだ隣に母が着席した。父ひとりが離れた場所になった。

高岡だけが皺ひとつないスーツ姿で、運転席のすぐ後ろに座る。ドライバーは外国人のようだ。

バスが動きだすと高岡が腰を浮かせ、乗客一同を振りかえった。「みなさま、お疲れ様でした。管理官が独断で入国拒否することもありえるんですが、こちらからの働きかけが功を奏しましてね。ポーランドへようこそ」

乗客は無反応だった。高岡も気にしたようすもなく窓の外を眺めた。走りだした道路は空いていた。周りの風景はウクライナとさほど変わりがない。枝だけがうねる褐色の木立が道端にひろがる。ひとけはなかった。ときおり朱色の三角屋根の家屋を見かける。住人がいるかどうかわからない。

たぶん一生忘れない体験になるのだろう。わたしたち家族の人生は変わった。どれぐらい大きな変化なのか、いまは自分でも測りかねる。けれどもウクライナに来る以前と同じではありえない。

運が悪かった。悪すぎた。偶然が重なった。冗談のように過剰だった。語るなといわれなくても、ネットに書けばどうせ好き勝手にいわれる。こんな時期に両親の都合でウクライナへ行ったりするなんて非常識。ありえない。嘘くさい。そういう論調が目に浮かぶようだ。だが日本人の誰がわかっていただろう。予想なんてつかなかった。ふつうに空の便で結ばれていたではないか。旅行用の名所ガイドブックが、日本の書店で売っていたではないか。外務省の渡航注意勧告はレベル1どまりだったではないか。

偶然の連鎖で不幸におちいったことを、とやかくいわれる筋合いはない。地震や津波の対策をしてこなかった家や自治体が悪い、ウクライナへ行くほうが悪い、あとからなら誰でもいえる。なんでもかんでも自己責任か。すべて事実だ。戦争が起きたことも、コロナのせいで帰れなかったことも。多くの人たちがこうして同じ目に遭っている。ここにいない人間になにがわかる。

高齢女性が沖縄戦について語る動画を授業で観た。気の毒に思えたのは、じつはわたしのほうが耳を塞ぎたかった、それだけかもしれない。わたしはもう当事者だ。経験を語り継いでいかねばならない。言葉の重さがようやく理解できた。ほかの人々に苛酷な体験をしてほしくないからこそ、記憶を共有したい。誰も耳を傾けようとしなくても、語るのをやめてはならない。あの高齢女性のなかにも、こんな切なる思いがあったのではないか。

前の席から新聞が数紙まわされてくるのを見た。日本語の新聞のようだ。大人たちが黙って目を通し、ほどなく後ろの席へと渡す、その繰りかえしだった。

受けとった母も無言で記事を読んだ。かなりの時間が過ぎた。新聞が後ろにまわされようとしている。

「見せて」とわたしはいった。

母は新聞を差しだしたものの、ただ物憂げにつぶやいた。「何日も前の新聞」

わたしはそれを受けとった。紙面の見出しのほとんどにウクライナ、またはロシアとあった。外務省の支援により日本人が国外退避。チャーター便も用意と記されていた。あたかも手厚い援助とスムーズな脱出が、当然のごとくなされた、そういいたげな記事だった。

大半の日本人はその恩恵を受けたかもしれない。けれども全員ではなかった。震災、コロナ禍、ウクライナでの戦争。ごく少数の不幸な人々に対し、政府は最後まで救おうとしてくれるのだろうか。あるていどの犠牲はやむをえないとばかりに見捨てては いまいか。

プーチン大統領の側近による主張が載っていた。ロシアとの国境付近で、ウクライナが生物兵器を開発、米国防総省が資金援助した形跡がある。それが侵攻の理由のひとつだという。社説には、ロシアがいきなり攻撃するのは奇妙と書かれていた。理由があったはずだ、悪ときめつけるのはまちがっている、社説を要約すればそうなる。別の記事には、ロシアもウクライナもどちらも悪い、戦争はよくないとあった。

暖房の効いた部屋で、昼食を終えたのち、これらの記事は書かれたのだろう。わたしが見聞きしてきたものとは、なにもかもちがっていた。

いつしか高岡が車内の通路を歩いてきていた。家族ごとにぼそぼそと話しかけては、また次の列へと移ってくる。やがて琉唯の席のわきでしゃがむと、高岡が気遣うようにいった。「琉唯さんと梨央奈さんでしたね。海外は初めてですか」

「いえ」わたしはつぶやいた。「中学のとき修学旅行でグアムに」

梨央奈は口ごもった。答えたくないわけではないだろう。ただ返事に意味がないと考えている。わたしも同感だった。

高岡の申しわけなさそうなつぶやきには、若干の空々しさが感じられた。「琉唯さん、梨央奈さん。今回は大変だったと思いますが、海外にもいろいろありますのでね。さっき検問所でも申しあげましたけど、なにがあったかは、お友達にも内緒にしていただけないかと」

家族ごとにいちいち確認しているらしい。わたしはサイドウィンドウの外を眺めた。緑をいっこうに目にしない。ウクライナでもそうだった。〝愛のトンネル〟などどこにあったのだろう。

「漫画やアニメみたいなもんですよね」わたしは思いのままをつぶやいた。「外国なんて」

解　説

渋《しぶ》谷《や》　敦《あつ》志《し》（報道写真家）

二〇二二年二月二十四日に大国ロシアが隣国ウクライナへの全面的な侵攻を開始してから二年という歳月が流れた。「ウクライナは歴史的にロシアの一部」。プーチン大統領はその主張を繰り返すばかりで、妄想的な歴史観を根拠に自らの蛮行を正当化し、ウクライナという民族そのものを浄化しようともくろんでいるようだ。どこまでも暴力と恐怖で相手を征服しようとするロシア。それに対し、ウクライナは祖国と民族の存亡をかけて、抵抗闘争を続けている。

ロシア側には、直ちにウクライナ人を殺すのをやめて、ウクライナ領土から撤兵せよ、と強く求めたいが、ロシアに軍事攻撃をやめる気配はない。国連も国際法も残念ながら役に立たない。そもそも、国際社会の枠組み自体が一人の権力者の暴走を止めるために機能していれば、この戦争は起きていない。戦況は膠着《こうちゃく》状態が続き、国際社会からの支援は関心とともに減退し始めている。

そんな逆境に立たされてもなお、ウクライナの人々は、自分たちの故郷や家族、自由やアイデンティティーを守り抜くという信念を貫こうとしている。戦地ウクライナで前線から銃後、国境まで取材して得た実感だ。

ウクライナのゼレンスキー大統領は、米国に滞在中の演説で、「この戦争は私たちの子どもたちがどんな世界に住めるかを決める戦いだ」と訴えていた。私も同様の危機感をウクライナから持ち帰った。この戦争はウクライナで起きている惨事だが、その影響はウクライナだけにとどまらない。ロシアが重ねる戦争犯罪や虐殺行為がこのまま止められず、だれも裁かれずに見過ごされれば、専横で権威的な人間がまた地球のどこかで、だれかの権利や生命を蹂躪《じゅうりん》しても不思議ではない。そしてそれは、日本でも起こりうることなのだ。

心の底から願う。無意味でも祈る。「私たちの子どもたち」が戦争なんてものを体験しなくてすむようになってほしい、と。本作の主人公である琉唯《るい》が私の子どもと同じ年なのもあって、いっそうそう思うのだ。おそらく作者の松岡さんも、戦争という究極の暴力はだれの身にも起きてはならないという思いにかられて、やむにやまれず筆を走らせたのではないだろうか。

本作は、タイトルの通り、17歳の「わたし」こと瀬里《せり》琉唯が、福島の南相馬《みなみそうま》市から父親の赴任先であるウクライナへ短期留学のために引っ越したら、突如としてロシアの軍事侵攻が始まり、住んでいたブチャで無差別攻撃や大量虐殺といった暴威にのまれていく様を描く。

小説の後半、事態の緊迫度が増すにつれ、描写はどんどん残虐性を帯びていく。飛んでくる血飛沫《ちしぶき》。武器の破片でえぐられる内臓。横たわる血みどろの死体。爆音や叫び声。まさに阿鼻叫喚《あびきょうかん》。男は拷問の末に射殺され、女性や子どもは容赦なく犯され殺害される。被害者は兵士ではない。武器を持たない一般市民だった。自分もいつ殺されるかわからないという恐怖が琉唯の心をえぐっていく。

戦争では罪のない人たちが無慈悲に殺される。その実相がいかにおぞましいものかを暴き出すように、一人の女子高生が極限状況で目の当たりにした光景が視覚的に再現されていく。次にその恐怖を味わうのは自分かもしれない。そう感じてみろ、と読み手に迫らんばかりに衝撃的な描写が執拗《しつよう》に重ねられていく。

琉唯は果たしてどうなるのか――。小説として、物語には物語の結末がつく。しかし現実世界で、ウクライナ人の戦争は事実として続いていく。今後も長く続く可能性が大きい。厳しい前途だ。それでも、ミサイルが降ってくる側に自らの意志でとどまり、大切な何かを守ろうとあらがう行為に、私たちはどんな意味を考えるべきだろうか。

現場でとりわけ心を動かされたのは、自分の「自由」や「人生」を取り戻そうと、それぞれの持ち場で実直に戦う若者の姿だ。ここからはそんな若者たちの生きる姿と声を、紙幅の許す範囲で紹介させてもらうことで、本作と現実の橋渡しをしたい。

ブチャに住み、隣のイルピン市の役所で働くアナスタシア・フライバーグさん（24）は、ロシア軍の占領下で起きた虐殺を生き延びた。

「二月二十四日の朝、爆音で目が覚めた。まもなく友人が電話で『戦争が始まった』と伝えてきた。二十一世紀になってまさか戦争なんてと思ったが、二十七日には砲撃の音は地面を震わすほど激しくなって、三月三日には町は完全に占領された」

彼女は両親と妹、祖父母の六人で地下室に身を潜めた。四日以降は電気やガス、水道や通信も止まる。逃げるべきか、とどまるべきか。どちらに生き延びる可能性があるのか。判断に迷い、「ここで死ぬかもしれないと思い、心の中で人生にお別れをした」。

生死を分けたのは、祖父が持っていた古いラジオだった。それで市民を避難させる「人道回廊」が設置されると知り、三月十日、決死の覚悟で自宅を出て、キーウへ脱出した。

ブチャ解放後、自宅にとどまった祖父母から、聞かされる。「十日に五人のロシア兵が家に来て、家族写真を見て、『孫の女はどこだ？　楽しませろ』と銃を突きつけられ尋問された」。あと半日避難が遅かったら、彼女は生存できたかどうか。

「なぜ攻撃されるのか、なぜ殺されるのか、私にはわからない。わかっているのは、戦わなければ私たちには悲しい未来が待っているということ。ファシストと戦う人を支えて、ウクライナの未来を変える。それが私の目標」と語り、アナスタシアさんは変わり果てたブチャを見晴らした。

「これまではなんでもロシアが上、ウクライナが下とされてきた。ウクライナ人は田舎者、ウクライナ語はカッコ悪い方言。そんな考えは私の中にもあった。でも、それはこの戦争で一変した」

大学生のナディア・チュベンコさん（21）は、ヨーロッパに避難する選択肢があったが、自らの意志でキーウに残り、前線に救援物資を送るボランティア活動をした。資金集めのイベントを開き、ウクライナの歌を歌ったり、国民的詩人タラス・シェフチェンコの詩を読んだりした。「ウクライナ的なもの」への関心が若者のあいだで一気に高まったという。

「見下されてきた言語も文化も、元々は私たちの奥底で眠っていたもの。ロシアの『非ウクライナ化』政策でも失われなかったもの。それらを私たちの世代であるべき形に戻して、再生していけばいい」

ナディアさんの双子の姉妹アナスタシア・チュベンコさんは、若者の中で民族的な意識以上に変わったのは、自由についての認識ではないかという。

「戦争が起きたことで、自由について考えるようになった。私たちはロシア人の奴隷でも弟でもなく、別の家を持った独立した個人。自分が何者かを決める自由は私たちにある。私が私であることをあきらめないことが、私たちの抵抗」

「私が私であることをあきらめない」という私たちも持っている自尊心からも、この戦争の暴力性を想像することはできるはずだ。

「ウクライナ人はある意味でずっと自由を求めて戦ってきた」

そう主張するのは、東部のドネツク州出身でキーウの住宅メーカーで働くマクシム・ツーカンさん（23）。10代でロシアによる占領を経験したマクシムさんにとって、この戦争は「まさか」ではなく、「またか」の悪夢だった。

この戦争は二〇二二年に急に始まったのではない。ロシアがウクライナ領土であるクリミア半島を併合し、東部二州に軍事介入した二〇一四年から続いている。さらに歴史をさかのぼれば、ウクライナは多様な民族や文化が交わり合う地域にある。王やツァーリ（皇帝）を持たず、国としてのまとまりが弱かったため、大国に何度も踏みにじられ、土地や言葉を奪われてきた。だからこそ、「ウクライナ人は専制や束縛を好まず、自由であることを自分たちのアイデンティティーの軸にしてきた」と、マクシムさんは熱く語った。

では、ゼレンスキー大統領のカリスマ性をどう評価するかと聞くと、「尊敬はするが崇拝はしない。独裁的になったら、また（親ロシア派の政権を退陣させた）『マイダン革命』で追い出すだけだ」と笑い飛ばした。

ウクライナにあるのは「空爆」や「死」ばかりではない。若者たちの必死に生きる姿がある。自分たちの生き方を決定するのは、ロシアではなく、私たちなんだ、という反骨精神がある。ウクライナの来るべき未来は、彼ら一人ひとりの内なるキャンバスに描かれていると思う。まさにそれこそが、この戦争でロシアが破壊したいと思っているものなのかもしれない。

それにしても琉唯はいま、どうしているのだろうか。悪夢のような体験から何を学んだのか。あのような過酷な体験が若者をどのような場所に追い込むのか。なんて考えてしまう。フィクションとノンフィクションのあいだを行ったりきたり。これも小説の作用の仕方なんだなあと、あらためて思っている。

本書は、二〇二二年八月に小社より刊行された単行本を加筆修正のうえ、文庫化したものです。

ウクライナにいたら戦《せん》争《そう》が始《はじ》まった

松《まつ》岡《おか》圭《けい》祐《すけ》

令和6年 5月25日　初版発行

発行者●山下直久

発行●株式会社KADOKAWA
〒102-8177　東京都千代田区富士見2-13-3
電話　0570-002-301（ナビダイヤル）

角川文庫 24167

印刷所●株式会社暁印刷
製本所●本間製本株式会社

表紙画●和田三造

●お問い合わせ
https://www.kadokawa.co.jp/（「お問い合わせ」へお進みください）
※内容によっては、お答えできない場合があります。
※サポートは日本国内のみとさせていただきます。
※Japanese text only

ISBN 978-4-04-115029-0　C0193

角川文庫発刊に際して

角　川　源　義

　第二次世界大戦の敗北は、軍事力の敗北であった以上に、私たちの若い文化力の敗退であった。私たちの文化が戦争に対して如何に無力であり、単なるあだ花に過ぎなかったかを、私たちは身を以て体験し痛感した。西洋近代文化の摂取にとって、明治以後八十年の歳月は決して短かすぎたとは言えない。にもかかわらず、近代文化の伝統を確立し、自由な批判と柔軟な良識に富む文化層として自らを形成することに私たちは失敗して来た。そしてこれは、各層への文化の普及滲透を任務とする出版人の責任でもあった。

　一九四五年以来、私たちは再び振出しに戻り、第一歩から踏み出すことを余儀なくされた。これは大きな不幸ではあるが、反面、これまでの混沌・未熟・歪曲の中にあった我が国の文化に秩序と確たる基礎を齎らすためには絶好の機会でもある。角川書店は、このような祖国の文化的危機にあたり、微力をも顧みず再建の礎石たるべき抱負と決意とをもって出発したが、ここに創立以来の念願を果すべく角川文庫を発刊する。これまで刊行されたあらゆる全集叢書文庫類の長所と短所とを検討し、古今東西の不朽の典籍を、良心的編集のもとに、廉価に、そして書架にふさわしい美本として、多くのひとびとに提供しようとする。しかし私たちは徒らに百科全書的な知識のジレッタントを作ることを目的とせず、あくまで祖国の文化に秩序と再建への道を示し、この文庫を角川書店の栄ある事業として、今後永久に継続発展せしめ、学芸と教養との殿堂として大成せんことを期したい。多くの読書子の愛情ある忠言と支持とによって、この希望と抱負とを完遂せしめられんことを願う。

一九四九年五月三日

二冊同時刊行決定!!

『シャーロック・ホームズ対伊藤博文』
『続シャーロック・ホームズ対伊藤博文』

2024年6月13日発売予定
発売日は予告なく変更されることがあります。

松岡圭祐

角川文庫

日本の「闇」を暴くバイオレンス青春文学シリーズ

角川文庫

好評既刊

高校事変 1〜19／松岡圭祐

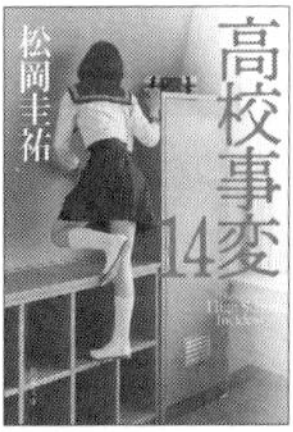

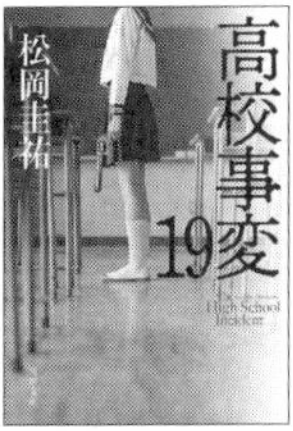

好評既刊

écriture《エクリチュール》 新人作家・杉浦李奈の推論 Ⅰ〜Ⅺ／松岡圭祐

角川文庫ベストセラー

ジェームズ・ボンドは来ない　松岡圭祐

2003年、瀬戸内海の直島が登場する007を主人公とした小説が刊行された。島が映画の舞台になるかもしれない！　島民は熱狂し本格的な誘致活動につながっていくが……直島を揺るがした感動実話！

ヒトラーの試写室　松岡圭祐

第2次世界大戦下、円谷英二の下で特撮を担当していた柴田彰は戦意高揚映画の完成度を上げたいナチスに招聘されベルリンへ。だが宣伝大臣ゲッベルスは、柴田の技術で全世界を欺く陰謀を計画していた！

クラシックシリーズ
千里眼完全版　全十二巻　松岡圭祐

戦うカウンセラー、岬美由紀の活躍の原点を描く『千里眼』シリーズが、大幅な加筆修正を得て角川文庫で生まれ変わった。完全書き下ろしの巻まである、究極のエディション。旧シリーズの完全版を手に入れろ!!

千里眼
The Start　松岡圭祐

トラウマは本当に人の人生を左右するのか。両親との辛い別れの思い出を胸に秘め、航空機爆破計画に立ち向かう岬美由紀。その心の声が初めて描かれる。シリーズ600万部を超える超弩級エンタテインメント！

千里眼
ファントム・クォーター　松岡圭祐

消えるマントの実現となる恐るべき機能を持つ繊維の開発が進んでいた。一方、千里眼の能力を必要としていたロシアンマフィアに誘拐された美由紀が目を開くと、そこは幻影の地区と呼ばれる奇妙な街角だった――。

角川文庫ベストセラー

千里眼 シンガポール・フライヤー (上)(下)　松岡圭祐

千里眼 優しい悪魔 (上)(下)　松岡圭祐

千里眼 キネシクス・アイ (上)(下)　松岡圭祐

千里眼の復活　松岡圭祐

千里眼 ノン=クオリアの終焉　松岡圭祐

世界中を震撼させた謎のステルス機・アンノウン・シグマの出現と新種の鳥インフルエンザの大流行。一見関係のない事件に隠された陰謀に岬美由紀が挑む。F1レース上で繰り広げられる猛スピードアクション！

スマトラ島地震のショックで記憶を失った姉の、莫大な財産の独占を目論む弟。メフィスト・コンサルティングのダビデが記憶の回復と引き替えに出した悪魔の契約とは？　ダビデの隠された日々が、明かされる！

突如、暴風とゲリラ豪雨に襲われる能登半島。災害はノン=クオリアが放った降雨弾が原因だった!!　無人ステルス機に立ち向かう美由紀だが、なぜかすべての行動を読まれてしまう……美由紀、絶体絶命の危機!!

航空自衛隊百里基地から最新鋭戦闘機が奪い去られた。在日米軍基地からも同型機が姿を消していることが判明。岬美由紀はメフィスト・コンサルティングの関与を疑うが……不朽の人気シリーズ、復活！

最新鋭戦闘機の奪取事件により未曾有の被害に見舞われた日本。焦土と化した東京に、メフィスト・コンサルティング・グループと敵対するノン=クオリアの影が……各人の思惑は？　岬美由紀は何を思うのか!?

角川文庫ベストセラー

万能鑑定士Qの事件簿 0　松岡圭祐

万能鑑定士Qの事件簿（全12巻）　松岡圭祐

万能鑑定士Qの推理劇 I　松岡圭祐

万能鑑定士Qの推理劇 II　松岡圭祐

万能鑑定士Qの推理劇 III　松岡圭祐

舞台は２００９年。匿名ストリートアーティスト・バンクシーと漢委奴国王印の謎を解くため、凜田莉子がもういちど帰ってきた！　シリーズ10周年記念、完全新作。人の死なないミステリ、ここに極まれり！

23歳、凜田莉子の事務所の看板に刻まれるのは「万能鑑定士Q」。喜怒哀楽を伴う記憶術で広範囲な知識を有す莉子は、瞬時に万物の真価・真贋・真相を見破る！　日本を変える頭脳派新ヒロイン誕生!!

天然少女だった凜田莉子は、その感受性を役立てるすべを知り、わずか5年で驚異の頭脳派に成長する。次々と難事件を解決する莉子に謎の招待状が……面白くて知恵がつく、人の死なないミステリの決定版。

ホームズの未発表原稿と『不思議の国のアリス』史上初の和訳本。２つの古書が莉子に「万能鑑定士Q」閉店を決意させる。オークションハウスに転職した莉子が２冊の秘密に出会った時、過去最大の衝撃が襲う!!

「あなたの過去を帳消しにします」。全国の腕利き贋作師に届いた、謎のツアー招待状。凜田莉子に更生を約束した錦織英樹も参加を決める。不可解な旅程に潜む巧妙なる罠を、莉子は暴けるのか!?

角川文庫ベストセラー

万能鑑定士Qの推理劇　IV　松岡圭祐

「万能鑑定士Q」に不審者が侵入した。変わり果てた事務所には、かつて東京23区を覆った〝因縁のシール〟が何百何千も貼られていた！　公私ともに凜田莉子を激震が襲う中、小笠原悠斗は彼女を守れるのか!?

万能鑑定士Qの探偵譚　松岡圭祐

波照間に戻った凜田莉子と小笠原悠斗を待ち受ける新たな事件。悠斗への想いと自らの進む道を確かめるため、莉子は再び「万能鑑定士Q」として事件に立ち向かい、羽ばたくことができるのか？

万能鑑定士Qの謎解き　松岡圭祐

幾多の人の死なないミステリに挑んできた凜田莉子。彼女が直面した最大の謎は大陸からの複製品の山だった。しかもその製造元、首謀者は不明。仏像、陶器、絵画にまつわる新たな不可解を莉子は解明できるか。

万能鑑定士Qの短編集　I　松岡圭祐

一つのエピソードでは物足りない方へ、そしてシリーズ初読の貴方へ送る傑作群！　第1話 凜田莉子登場／第2話 水晶に秘めし詭計／第3話 バスケットの長い旅／第4話 絵画泥棒と添乗員／第5話 長いお別れ。

万能鑑定士Qの短編集　II　松岡圭祐

「面白くて知恵がつく人の死なないミステリ」、夢中で楽しめる至福の読書！　第1話 物理的不可能／第2話 雨森華蓮の出所／第3話 見えない人間／第4話 賢者の贈り物／第5話 チェリー・ブロッサムの憂鬱。

角川文庫ベストセラー

特等添乗員αの難事件　I　松岡圭祐

特等添乗員αの難事件　II　松岡圭祐

特等添乗員αの難事件　III　松岡圭祐

特等添乗員αの難事件　IV　松岡圭祐

特等添乗員αの難事件　V　松岡圭祐

掟破りの推理法で真相を解明する水平思考に天性の才を発揮する浅倉絢奈。中卒だった彼女は如何にして閃きの小悪魔と化したのか？　鑑定家の凜田莉子、『週刊角川』の小笠原らとともに挑む知の冒険、開幕!!

水平思考—ラテラル・シンキングの申し子、浅倉絢奈。今日も旅先でのトラブルを華麗に解決していたが……聡明な絢奈の唯一の弱点が明らかに！　香港へのツアー同行を前に輝きを取り戻せるか？

凜田莉子と双璧をなす閃きの小悪魔こと浅倉絢奈。水平思考の申し子は恋も仕事も順風満帆……のはずが今度は壱条家に大スキャンダルが発生!!〝世間〟すべてが敵となった恋人の危機を絢奈は救えるか？

ラテラル・シンキングで0円旅行を徹底する謎の韓国人美女、ミン・ミヨン。同じ思考を持つ添乗員の絢奈が挑むものの、新居探しに恋のライバル登場に大わらわ。ハワイを舞台に絢奈はアリバイを崩せるか？

〝閃きの小悪魔〟と観光業界に名を馳せる浅倉絢奈に1人のニートが恋をした。男は有力ヤクザが手を結ぶ一大シンジケート、そのトップの御曹司だった!!　金と暴力の罠を、職場で孤立した絢奈は破れるか？

角川文庫ベストセラー

特等添乗員αの難事件 Ⅵ　松岡圭祐

閃きのヒロイン、浅倉絢奈が訪れたのは韓国ソウル。到着早々に思いもよらぬ事態に見舞われる。ラテラル・シンキングを武器に、今回も難局を乗り越えられるか!? この巻からでも楽しめるシリーズ第6弾!

グアムの探偵　松岡圭祐

グアムでは探偵の権限は日本と大きく異なる。政府公認の私立調査官であり拳銃も携帯可能。基地の島でもあるグアムで、日本人観光客、移住者、そして米国軍人からの謎めいた依頼に日系人3世代探偵が挑む。

グアムの探偵 2　松岡圭祐

職業も年齢も異なる5人の男女が監禁された。その場所は地上100メートルに浮かぶ船の中! (「天国へ向かう船」) 難事件の数々に日系人3世代探偵が挑む、全5話収録のミステリ短編集第2弾!

グアムの探偵 3　松岡圭祐

スカイダイビング中の2人の男が空中で溶けるように混ざり合い消失した! スパイ事件も発生するグアムで日系人3世代探偵が数々の謎に挑む。結末が全く予想できない知的ミステリの短編シリーズ第3弾!

アルセーヌ・ルパン対明智小五郎 黄金仮面の真実　松岡圭祐

生き別れの息子を探すルパンと「黄金仮面」の正体を突き止めようと奔走する明智小五郎が日本で相まみえる! 東西を代表する大怪盗と名探偵が現実の近代史に飛び出した、特上エンターテインメント作!